MÉMOIRES
D'UN VOYAGEUR
QUI SE REPOSE.

TOME III.

MÉMOIRES
D'UN VOYAGEUR
QUI SE REPOSE.

DUTENSIANA.

TOME III.

PARIS,

CHEZ BOSSANGE, MASSON ET BESSON,
IMPRIMEURS-LIBRAIRES, RUE DE TOURNON, N°. 6.

1806.

DUTENSIANA.

1. FLORIMONT, maréchal de Mercy, né en 1666, et tué à la bataille de Parme en 1734, étoit petit-fils du général Mercy, tué à la bataille de Nordlingue en Souabe le 10 août 1645 (1), et fils du baron de Mercy. Celui-ci avoit épousé Christine d'Alamont, fille unique, et héritière des grands biens de Florimont d'Alamont, et d'Anne Marguerite d'Argenteau. Le maréchal de Mercy avoit obtenu de l'empereur François Ier. duc de Lorraine, que la terre de Mercy, qu'il possédoit en Lorraine; seroit érigée pour lui en Comté; l'Empereur y ajouta d'autres fiefs, à condition que, si le Maréchal mouroit sans enfans, cette terre seroit dévolue aux ducs de Lorraine. Le Maréchal étant mort sans enfans, laissa tous ses biens en Hongrie à son cousin, le comte d'Argenteau, père de l'Ambassadeur, à condition de prendre son nom et ses armes; ce qui fit qu'il racheta du duc de Lorraine la terre de Mercy, et prit le nom de comte

___

(1) On mit sur son tombeau ces mots : *Sista, viator, Heroëm calcas.* Le prince de Condé gagna la bataille de Nordlingue.

de Mercy. La maison d'Argenteau est du Limbourg. Le comte de Mercy, ambassadeur à Paris, est mort à Londres en 1794, le 25 août.

2. Le chevalier Raleigh, dans son *Histoire du Monde*, (Londres, 1736, *in-fol.* pag. 46) dit : « J'ai connu la vieille comtesse » de Desmond d'Inchiquin, province de » Munster, qui vivoit l'année 1589 et long- » tems après. Elle épousa le comte de Des- » mond pendant le règne d'Edouard IV » (1461 — 1483), et a reçu son douaire de » tous les comtes de Desmond depuis ce » tems-là ; toute la Noblesse de la province » de Munster peut témoigner la vérité de » ce fait. »

Le chevalier Temple, d'après l'autorité de Robert comte de Leicester, dit : « Que » la comtesse de Desmond est morte à 140 » ans, fort avant dans le règne de Jac- » ques Iᵉʳ., mort en 1625. » Elle jouissoit d'une très-bonne santé.

Il est étonnant que M. Horace Walpole (depuis lord Orford), en alléguant le témoignage de la comtesse de Desmond sur Richard III, dans ses *Doutes historiques*, n'ait pas appuyé ce qu'il en dit, en citant au long les passages que je viens de rapporter.

3. *Le mieux apparent qu'on cherche détruit le bien réel dont on jouit*, dit Mirabeau. Gresset, dans le *Méchant*, a exprimé très-bien la même pensée sur un différent sujet : *L'esprit qu'on veut avoir gâte l'esprit qu'on a.*

4. L'Evêque de Landaff (*Apologie du Christianisme*, page 84, cinquième édition) dit : Que le docteur Smith lui avoit raconté, que causant un jour avec le chevalier Isaac Newton, dans le tems qu'il écrivoit ses Commentaires sur Daniel, ce célèbre philosophe lui avoit dit : *Je trouve plus de marques d'authenticité dans les livres de la Bible que dans aucune histoire profane quelconque.* Le docteur Smith étoit *Master of Trinity College, Cambridge.*

5. Jacques quatrième lord Hamilton, et second comte d'Arran, tuteur de Marie

reine d'Ecosse, fut en 1548 créé duc de
Châtelleraut par Henri II, roi de France,
mais seulement Duc à brevet, et sans *la
Pairie*. Il avoit deux fils, dont le premier
continua la ligne des lords Hamilton, et
le second commença celle des lords Abercorn. — Le second duc d'Hamilton, qui
mourut en 1651, n'ayant point laissé d'enfant mâle, la fille de son frère hérita des
titres Ecossois; mais selon les lois de France
et les termes de la patente, elle ne pouvoit
pas transmettre le titre de duc de Châtelleraut à Douglas comte de Selkirk, qui, en
l'épousant, prit le nom d'Hamilton, et fut
ensuite créé duc d'Hamilton en 1661. —
Lord Abercorn, descendant directement
de la ligne mâle de Jacques quatrième lord
Hamilton, comte d'Arran, auroit donc sans
doute un meilleur titre à se croire duc de
Châtelleraut que le duc d'Hamilton, si la
Cour de France n'avoit pas jugé que ce titre
étoit retourné à la Couronne; et la preuve
qu'on l'a cru ainsi, est que les rois de
France, depuis ce tems-là, ont souvent
accordé ce titre à plusieurs familles, et la
dernière fois, ce fut en 1730, au duc de la
Trémouille, qui en jouit encore. La pre-

mière réversion du titre de duc de Châtelleraut à la couronne de France fut en 1570,
lorsque le comte d'Arran fut disgracié en
Ecosse, et privé de ses titres et de ses biens.
Trois ans après, Charles IX, roi de France,
donna ce titre à Diane, fille naturelle
d'Henri II. Après sa mort, il passa, comme
restitution, aux héritiers de *Bourbon-Mont-*
pensier, en 1583, fondé sur ce qu'il avoit
appartenu au connétable de Bourbon, quoique confisqué en 1524. Mademoiselle de
Montpensier en fit la donation, le 17 décembre 1670, au duc de Lauzun qu'elle
devoit épouser; mais le mariage n'ayantpas
eu lieu, la donation fut annullée. A l'extinc-
tion de la branche de Bourbon-Montpen-
sier, par la mort de Mademoiselle en
1693, ce titre retourna au domaine, et y
resta jusqu'en 1730, qu'il fut donné au
duc de la Trémouille.

6. L'ouvrage de M. Burke, intitulé *Ré-*
flexions sur l'Etat de la France en 1790,
est la plus belle production de son génie,
et lui a mérité de grands éloges; c'est le
livre le plus éloquent qui soit écrit en anglois. C'est dommage qu'il ait été aussi mal

traduit en françois qu'il le fut alors : cela
prévint l'effet qu'il auroit dû faire à Paris.
Afin de donner à quelques Dames françoises
une idée du style de M. Burke, je traduisis
le portrait qu'il faisoit de la reine de France,
et cette traduction fut communiquée à
cette princesse par madame la duchesse de
Fitz-James : le voici.

7............ On m'assure que cette grande
Princesse, également l'objet de ce triomphe
(6 octobre 1789), a soutenu cette journée,
qu'elle continue à soutenir les suivantes ;
qu'elle soutient la captivité de son mari,
la sienne propre, l'exil de ses amis, la flat-
terie insultante des adresses, et tout le
poids accumulé de ses malheurs, avec une
patience sereine, d'une manière convenable
à son rang, à sa naissance, digne de la fille
d'une Souveraine distinguée par son cou-
rage et ses vertus ; que, comme sa mère,
elle a des sentimens élevés ; qu'elle paroît
sentir avec toute la dignité d'une Romaine,
que, dans la dernière extrémité, elle saura
éviter la dernière disgrâce, et que, s'il faut
qu'elle tombe, elle ne tombera pas par une
main ignoble. — Il y a seize ou dix-sept ans

que je vis la reine de France à Versailles,
alors madame la Dauphine, et sûrement
jamais image plus ravissante n'est apparue
sur cette terre, qu'elle paroissoit à peine
toucher. Je la vis rayonner dans l'horizon,
ornant et animant la sphère élevée dans
laquelle elle commençoit à se mouvoir;
brillante comme l'étoile du matin, pleine
de vie, de splendeur et de charmes. Oh !
quelle révolution ! quel cœur pourroit
contempler sans émotion cette élévation
et cette chute ? Qui l'eût dit, quand tout
en elle inspiroit le respect, l'enthousiasme,
et cet amour qui tient de l'adoration, qu'il
viendroit un tems où elle seroit obligée de
cacher dans son sein un antidote doulou-
reux (1), pour se soustraire à l'opprobre ?
Qui eût pu croire alors qu'elle seroit un
jour exposée à des scènes aussi désastreu-
ses, au milieu d'une nation brave et géné-
reuse, d'une nation d'hommes d'honneur
et de chevaliers ? J'aurois cru que dix mille
épées se seroient élancées des fourreaux,
pour punir le moindre regard qui eût eu
l'air d'une insulte ; mais le tems de la che-

---

(1) La Reine s'étoit munie d'un poignard.

valérie n'est plus ; celui des sophistes, des
économistes, des calculateurs, est venu, et
la gloire de l'Europe est éteinte.

8. Voici encore un passage tiré du même
livre qui présente une belle image ; il parle
des sociétés de *Jacobins* Anglois qui s'étoient
formées à Londres :

La vanité, la pétulance et l'esprit d'intrigue de plusieurs petites cabales, qui tâ-
chent de couvrir leur peu d'importance
par le tracas, le bruit, la jactance, et un
échange mutuel de louanges, vous porte
peut-être à prendre le mépris tranquille
que nous avons de leur capacité pour une
approbation générale de leurs opinions ; il
n'en est rien, je vous assure. Parce que
quelques sauterelles, cachées sous l'herbe,
font retentir l'air de leurs cris importuns ;
pendant que des troupeaux nombreux de
riche bétail, se reposant à l'ombre du chêne
anglois, ruminent en silence ; n'allez pas
vous imaginer que ceux qui font le bruit
sont les vrais habitans des prairies, ou qu'ils
sont en grand nombre, quand ce ne sont
en effet que de vils et chétifs insectes, sau-

tillans, incommodes et fâcheux par leur
bruit, il est vrai, mais heureusement de
courte durée.

9. La branche des Guelfes, en Allemagne,
s'éteignit en Guelfe III, mort sans enfans
en 1055. — Son père Guelfe II, mort en
1047, avoit donné sa fille Cunégonde en
mariage à Azo II, marquis d'Este, maître
alors de la Lombardie intérieure, depuis
les États de Gênes jusqu'à la mer Adriatique.
— Cet Azo II, mort aussi en 1055, eut trois
fils : l'aîné fut nommé Guelfe, d'après son
grand-père; c'étoit un Italien avec un nom
allemand. A la mort de son oncle Guelfe III,
il hérita par sa mère des États de Bavière :
c'est de lui que vient la Maison de Bruns-
wick. — Le second fils d'Azo II fut Ber-
tholde, qui épousa Sophie de Carinthie, et
par elle devint héritier des duchés de Carinthie et de Zaringue. Leur fils fut ce fameux
Rénauld, le héros du Tasse, qui vécut jusqu'à l'âge de cent ans. — Le troisième fils
d'Azo II fut marquis d'Este, et est la souche
de la Maison d'Este de Modène. — Les partis
des Guelfes et des Gibelins se sont élevés
au commencement du treizième siècle : les

premiers étoient pour les Papes, les seconds pour les Empereurs. — On donne encore une différente origine à cette querelle, mais celle-ci est la plus probable. — Tant que cette querelle dura, les *Ursini* étoient à la tête des Guelfes, et les *Colonna* à la tête des Gibelins. — Le Dante, qui a tant parlé des Guelfes et des Gibelins, étoit né en 1265, et mourut en 1321.

10. Les hommes *aiment* la bonté, parce qu'ils en ont besoin.

Ils *haïssent* les vertus opposées à leurs vices.

Ils *admirent* les talens auxquels ils ne peuvent arriver.

11. Long-tems avant que l'on eût agité en France la question de savoir si l'homme étoit né libre, un auteur anglois, *Soame Jenyns*, l'avoit décidée d'une manière assez plaisante. — Il est faux, dit-il, que tous les hommes naissent libres ; la première infraction de cette liberté, est leur naissance même, à laquelle ils sont assujettis

sans leur consentement, ou celui de leurs représentans. Il est aisé de prouver que l'homme, par sa nature, n'est jamais un être indépendant et libre, depuis le premier jusqu'au dernier moment de sa résidence sur ce globe terrestre. Pendant les neuf premiers mois de son existence, il est confiné dans une prison étroite et obscure, et privé d'air et de lumière, jusqu'à ce qu'enfin, à peine tiré de son cachot par les soins d'un libérateur officieux, on le lie pieds et mains, et on le met au pain, à l'eau et au lait pendant quelque tems. A peine est-il débarrassé de ses liens qu'il fait un si mauvais usage de sa liberté, que l'on juge nécessaire de le livrer à la discipline la plus rigoureuse; d'abord sous une gouvernante, puis sous un maître d'école, tous deux tyrans dans leurs départemens respectifs. Par eux il est encore retenu sans l'autorité de la loi, condamné sans juré, et fouetté sans miséricorde. Dans cet état d'esclavage il avance plusieurs années, à l'expiration desquelles il est obligé, bon gré malgré, de se reconnoître sujet d'un gouvernement civil, et de se soumettre à son autorité, en dépit des efforts ingénieux

qu'il peut faire pour lui contester ses droits,
et quoiqu'il risque d'être pendu avec justice
s'il ose désobéir à ses lois.

12. Le hasard est l'enchaînement des
effets , dont nous n'apercevons pas les
causes.

13. En 1758, l'empereur François Ier. fit
une chasse sur les terres du prince Colloredo en Bohême, qui dura dix-huit jours.
Il y avoit vingt-trois chasseurs, dont trois
Dames. Il y eut 47,950 pièces de gibier et
bêtes fauves tuées, dont 19 cerfs, 77 chevreuils, 10 renards, 18,243 lièvres, 19,545
perdrix , 9,499 faisans , 114 alouettes ,
353 cailles , 54 oiseaux différens. L'empereur tira 9 789 coups ; la princesse Char-
lotte de Lorraine , sa sœur, 9010. Il y eut
en tout 116,209 coups tirés. On tint registre de tout (1).

(1) Quand le roi de Naples fut en Allemagne vers l'an 1792,
on dit, dans les gazettes allemandes , que, dans les différentes
chasses qu'il avoit faites en Autriche, en Bohême et en Mora-
vie , il avoit tué 5 ours , 1,820 sangliers, 1,968 cerfs , 13 loups ,
364 renards , 15,350 faisans , 1,121 lapins , 16,354 lièvres,
1,625 chèvres , 1,145 chevreuils , 12,435 perdrix.

14. Ninon de l'Enclos définissoit l'amour une sensation plutôt qu'un sentiment; un goût aveugle, purement sensuel; une illusion passagère, que le plaisir fait naître, que la société détruit, et qui ne suppose aucun mérite ni dans celui qui le prend, ni dans celui qui le donne : elle disoit que c'étoit l'ivresse de la raison. Leibnitz le définissoit une affection, qui nous fait trouver du plaisir dans les perfections de ce que nous aimons.

15. Dans les événemens qui te chagrinent, dit *Marc-Aurèle*, ressouviens-toi que, loin que l'accident qui t'arrive soit un malheur pour toi, ta constance à le supporter t'en fera retirer un avantage certain.

16. Spinosa ne reconnoissoit qu'une seule substance dans le monde, dont il disoit que les âmes individuelles n'étoient que des modifications passagères. Les Stoïciens supposoient une âme universelle qui étoit, selon eux, l'océan de toutes les âmes particulières.

17. La plupart des personnes ne distinguent jamais leur autorité de la raison, ne

considérant pas que si les autres ne sont
pas de leur sentiment , ils ne sont pas aussi
du sentiment des autres (1) : tout cela naît
de cet orgueil qui fait prendre à chacun
pour principe qu'il a raison. Cet orgueil est
sur-tout le partage des ignorans ; ce qui a
fait dire sans doute à madame Deshouliè-
res , de quelqu'un qui étoit dans ce cas, Il
est tout orgueilleux d'être ignorant. Le contraire de ceux-ci étoit Socrate , qui , après
avoir étudié tout ce que les hommes de son
tems pouvoient savoir , en étoit venu au
point d'avouer qu'il ne savoit rien ; ce que
Pascal appeloit une *ignorance savante*, qui
se connoît.

18. Voici une des plus belles strophes
qui se trouve dans la poésie françoise :
Voltaire fut forcé de l'admirer , même
après qu'on lui eut dit qu'elle étoit de
M. Le Franc de Pompignan : il s'agit des

---

(1) Milord P. disoit que j'étois opiniâtre , parce que je soute-
nois contre lui l'existence de Dieu. Dans l'édition que j'ai
donnée des *Œuvres de Leibnitz* , j'ai publié plusieurs de ses lettres à Muratori ; malgré cela , quelqu'un me soutenoit qu'ils
n'avoient pas été contemporains , et j'étois un opiniâtre pour
avancer l'affirmative.

athées, qui nient l'existence de Dieu, dans
le tems où ils jouissent de ses bienfaits :

> Le Nil a vu sur ses rivages
> De noirs habitans des déserts
> Insulter par leurs cris sauvages
> L'astre éclatant de l'univers :
> Cris impuissans, fureurs bizarres !
> Tandis que ces monstres barbares
> Poussoient d'insolentes clameurs,
> Le Dieu, poursuivant sa carrière,
> Versoit des torrens de lumière
> Sur ces obscurs blasphémateurs.

19. Il y a plus de bien moral dans le
monde que de mal ; il peut y avoir plus
d'hommes méchans que de bons, parce
qu'une seule mauvaise action suffit pour
qualifier un homme de méchant; mais,
d'un autre côté, ceux qu'on appelle méchans font souvent dans leur vie dix bonnes
actions pour une mauvaise. D'ailleurs on
parle beaucoup plus d'un grand crime,
comme d'un meurtre, que de cent bonnes
actions, qui ne font point de bruit dans le
monde ; et cela même prouve que les pre-
mières sont beaucoup plus rares que les
dernières.

20. Tous les êtres créés sont nécessairement finis et imparfaits, Dieu ne pouvant

créer d'être semblable à lui-même : le mal qui résulte de là est donc essentiel. Cela prouve aussi que le mal, dans le physique, aussi bien que dans le moral, n'est pas positif; c'est une privation, un défaut attaché à la nature des êtres créés.

21. L'esprit étant le lieu des idées et les contenant, il s'ensuit nécessairement que l'idée que l'on veut se former de l'esprit, ne puisse jamais être l'idée de l'esprit; lequel, devant comprendre cette idée, ne peut pas être en même tems le contenant et le contenu. L'esprit et l'âme sont synonymes à cet égard.

22. La langue Italienne est de toutes les langues vivantes, celle qui a existé le plus long-tems dans sa pureté. On trouve dans le *Dante*, qui écrivoit, il y a 500 ans, des morceaux d'une douceur et d'une élégance égales à ce qu'ont produit les meilleurs écrivains de ce siècle : en voici un exemple : il parle ici de sa maîtresse :

Ella è quanto di ben puó far natura,
Per esempio di lei Belta si pruova.
. . . .
. . . . . Di costei si può dire

Gentile in Donna ciò che in lei si truovà,
E bello è tanto quanto lei somiglia.
E puossi dire che il suo aspetto giova
A consentir ciò che par maraviglia,
Onde la nostra fede è ajutata.

Le Dante est mort en 1321. Pétrarque est
né en 1304. Supposé qu'il ait chanté Laure
à 23 ans, il y a environ 480 ans qu'il écrivit
les vers suivans.

Luci beate et liete,
Se non che il veder voi stesse v'è tolto,
Ma quante volte à me vi rivolgete,
Conoscete in altrui quel che voi siete.
Ne mai stato gioioso
Amor, o la volubil fortuna
Dieder' à chi più fur nel mondo amici,
Ch'i nol cangiassi ad una
Rivolta d'occhi.

Vaghe faville, angeliche, beatrici
De la mia vita, ove il piacer s'accende;
Cosi vedess' io fiso
Com' amor dolcemente gli governa!
Sol un giorno d'apresso,
Senza volgersi mai ruota superna;
Ne pensassi d'altrui, ne di me stesso,
E'l batter gli occhi miei non fosse spesso.

23. Les grands Seigneurs ne sont pas mal
dépeints dans la pièce de l'abbé Régnier

Desmarêts, mort en 1718 à 81 ans. On y
trouve cette jolie métaphore :

> Ce sont des ballons , que le sort
> Pousse en l'air, ou plus ou moins fort,
> Et dont il joue à sa manière ;
> Des globes de savon et d'eau ,
> Que pousse au bout d'un chalumeau
> D'un enfant l'haleine légère;
> Chaque globe est plus ou moins grand :
> Mais tous ne sont pleins que de vent.

Dulcis inexpertis cultura potentis amici ,
Expertus metuit. . . . . .
> HORATIUS , Lib. I. Epist. v. 18.

24. Il est assez curieux de considérer
combien de grandes familles ont été élevées , affermies, ou enrichies , pour avoir
eu des Papes sur le trône. En voici un relevé que j'ai fait :

Fieschi.	Innocent IV. . .	1243
Visconti.	Grégoire X. . .	1271
Gaetano.	Nicolas III. . . .	1277
Colonna.	Martin V. . . .	1417
Piccolomini. . .	{ Pius II.	1458
	{ AEneas Silvius. .	1471
* Borgia.	Alexandre VI. .	1492

Medici.	Leon X.	1513
	Clément VIII. .	1523
	Léon XI. . . .	1605
* Florent.	Adrien IV. . .	1522
* Del Monte. . . .	Jules III.	1550
Caraffa.	Paul IV.	1555
Ghisleri.	Pie V.	1566
Buoncompagni. .	Grégoire XIII. .	1572
* Peretti Montalte.	Sixte V.	1585
* Castagna.	Urbain VII. . . .	1590
Sfondrate.	Grégoire XIV. .	1590
Facchinetti. . . .	Innocent IX. . .	1591
Aldovrandini. . .	Clément VIII. .	1592
Borghèse.	Paul V.	1605
Ludovisi.	Grégoire XV. .	1621
Barberini.	Urbain VIII. . .	1623
Pamfili.	Innocent X. . .	1644
Chigi.	Alexandre VII.	1655
Rospigliosi. . . .	Clément IX. . .	1667
Altieri.	Clément X. . .	1670
Odescalchi. . . .	Innocent XI. . .	1676
Ottoboni.	Alexandre VIII.	1689
Pignatelli.	Innocent XII. .	1691
Albani.	Clément XI. . .	1700
Conti.	Innocent XIII. .	1721
Orfini.	Benoît XIII. . .	1724
Corsini.	Clément XII. . .	1730

Lambertini. . . . Benoît XIV. . . 1740
Rezzonico. . . . Clément XIII. . 1758
* Ganganelli. . . . Clément XIV. . 1769
Braschi. . . . . . Pie VI. 1775

Toutes ces familles, excepté celles qui
sont marquées d'un astérisque, sont encore
à présent distinguées et puissantes. Les
seuls *Colonna* étoient de très-grands Seigneurs avant d'avoir eu un Pape de leur
nom. La plus grande partie des autres, dont
je viens de donner la liste, doivent entièrement leur élévation et leurs richesses au
népotisme.

25. Je ne connois pas de comédie mieux
versifiée que *Le Méchant* de Gresset; il
excelle sur-tout à peindre vivement le ridicule. Le tableau qu'il fait de la ville de Paris
est admirable. *Cléon*, le héros de la pièce,
veut tromper *Florise*, qui craint que son
goût pour la capitale lui fasse quitter la
campagne. Il lui dit :

> . . . . . Paris! il m'ennuie à la mort;
> Et je ne vous fais pas un fort grand sacrifice
> En m'éloignant d'un monde à qui je rends justice.
> Tout ce qu'on est forcé de voir et d'endurer
> Passe bien l'agrément qu'on peut y rencontrer

Trouver à chaque pas des gens insupportables,
Des flatteurs, des valets, des plaisans détestables.
Des jeunes gens d'un ton ! d'une stupidité ! . . . .
Des femmes d'un caprice et d'une fausseté ! . . . .
Des prétendus esprits souffrir la suffisance ;
Et la grosse gaieté de l'épaisse opulence ;
Tant de petits talens où je n'ai pas de foi,
Des réputations, on ne sait pas pourquoi ;
Des protégés si bas ! des protecteurs si bêtes !
Des ouvrages vantés, qui n'ont ni pieds ni têtes !
Faire des soupers fins où l'on périt d'ennui ;
Veiller par air, enfin se tuer pour autrui ;
Franchement des plaisirs, des biens de cette sorte
Ne sont pas, quand on pense, une chaine bien forte.

Je suis tenté, parbleu, d'écrire mes mémoires ;
J'ai des traits merveilleux, mille bonnes histoires,
Qu'on veut cacher. . . .

FLORISE.

Cela sera délicieux.

CLÉON.

Oh ! fiez-vous à moi ; je veux les célébrer
Si bien, que de six mois ils n'osent se montrer.
Ce n'est pas sur leurs mœurs que je veux qu'on en cause ;
Un vice, un déshonneur, sont assez peu de chose ;
Tout cela dans le monde est oublié bientôt :
Un ridicule reste, et c'est ce qu'il leur faut.
Qu'en dites-vous ? Cela peut faire un bruit du diable :
Une brochure unique, un ouvrage admirable,
Bien scandaleux, bien bon, le style n'y fait rien,
Pourvu qu'il soit méchant, il sera toujours bien.

Il y a plusieurs tirades de cet agrément
dans la comédie du *Méchant,* et beaucoup
de ces vers qui se retiennent et se citent,
comme :

> Les sots sont ici-bas pour nos menus plaisirs. . . .
> L'esprit qu'on veut avoir, gâte celui qu'on a.

26. J'ai connu un grand Seigneur de
Rome qui, ayant reçu un soufflet dans la
rue, fut sur-le-champ s'en plaindre au
Gouverneur de la ville. Le Gouverneur,
qui est toujours un ecclésiastique, mais
qui n'étoit pas Romain, ne put s'empêcher
de lui dire qu'il étoit surpris d'en apprendre la première nouvelle par lui-même.

27. C'est à-peu-près de même à Venise.
Un étranger ayant donné un soufflet à un
Noble vénitien, lui offrit de lui donner
satisfaction, l'épée à la main ; le Noble
Vénitien lui répondit froidement : *O ! quà
non usemo.* — *Ce n'est pas l'usage ici.*

28. On demandoit à un grand nigaud
d'Irlandois, quel âge il avoit : « Je n'ai
» que vingt-six ans, » répondit-il ; « mais
» je devrois en avoir vingt-sept, car ma

» mère fit une fausse couche l'année avant
» ma naissance. ».

29. Un François roturier fit appeler le
duc de Lauragais en duel ; tous deux étoient
alors en Angleterre. Le Duc fit dire au roturier, que *pour se battre avec Arlequin il
falloit être Scapin.*

30. Beaumarchais m'a raconté qu'il avoit
un domestique assez sujet à s'enivrer : le
voyant entrer un matin dans sa chambre en
chancelant, « Comment, Maraut? » lui
dit-il, « déjà ivre de si bon matin ! » « Par-
» donnez-moi, Monsieur, c'est d'hier, »
dit le valet.

31. Foote étoit très-heureux en réparties.
Lord Sandwich lui disant un jour, « Foote,
» vous courez risque de mourir un jour
» d'un mal honteux, ou d'être pendu. —
» Milord, répliqua Foote, c'est selon que
» j'embrasserai votre maîtresse ou vos prin-
» cipes. »

32. La cour de Vienne est la plus brillante et la mieux composée qu'il y ait en

Europe. J'y ai vu plusieurs Princes souverains, des frères de Rois et d'Electeurs au
service de l'Empereur, sans compter plusieurs grands Seigneurs, comme les princes
de Lichtenstein, Esterhazy, Colloredo,
d'Ausberg et autres, qui, par leur rang et
leurs richesses, sont les plus grands sujets
qu'aucun autre Souverain puisse compter
parmi ses courtisans. La société y est ex-
trêmement amusante et très-propre à former un jeune homme. Pendant un an que
j'y ai été, j'ai remarqué que les jeunes Anglois y perdoient leur air gauche, et les
jeunes François leur fatuité : c'est que les
femmes y sont aimables, spirituelles et
bonnes. Avec ces qualités elles ne peuvent manquer de plaire ; elles veulent bien
prendre la peine de corriger ces défauts
naturels aux jeunes gens, et le font de manière à ne pas les rebuter.

33. Toutes les difficultés élevées au sujet
des décrets de Dieu et de sa prescience,
que l'on prétend devoir nécessiter nos actions, ne viennent que de l'abus des mots,
lesquels, employés pour accommoder les
choses à notre portée, sont appliqués à Dieu

dans le sens que nous les appliquons à nous-
mêmes. Le mot *Prescience*, par exemple,
ne peut pas être appliqué à Dieu : il n'y a
ni passé ni avenir pour Lui. Tout lui étant
présent dans tous les intervalles du tems,
on ne doit pas dire de lui qu'il prévoit ce qui
arrivera, mais qu'il voit ce qui arrive. Il a
laissé aux hommes la liberté d'agir : il les
punit ou les récompense, selon l'usage
qu'ils font de cette liberté. On ne doit pas
dire, par rapport à Dieu, qu'il prévoit ce
que tel homme fera, mais qu'il voit ce qu'il
fait. Ainsi quand Dieu a parlé par les Prophètes ; par rapport à Lui, il disoit ce qui
arrivoit ; par rapport à nous, ces Prophètes
prédisoient ce qui arriveroit. En un mot,
Dieu, par son éternité, est présent à tous
les tems, comme il l'est à tous les lieux par
son immensité.

34. On me dit souvent que je suis François, parce que je suis né en France ; mais
je soutiens toujours qu'étant né là de parens
Protestans, qui m'ont élevé dans leur religion, je n'ai pas pu regarder la France
comme ma patrie, puisque le Gouvernement même de ce Royaume avoit pour

maxime que l'on ne connoissoit point de
Protestans en France , et t'est ce qu'un
Ministre des affaires internes me dit une
fois à moi-même. En effet, quand je pris
mon parti, on excluoit alors les Protestans .
de tous les avantages dont jouissent les sujets d'un Etat. Un Protestant ne pouvoit
pas contracter de mariage valide ; ses enfans étoient réputés illégitimes ; il ne pouvoit exercer aucun emploi ni dans l'épée,
ni dans la robe , ni dans l'église. Il faut cependant que chaque homme ait une patrie ;
et s'il ne la trouve pas où il est né , il a droit
d'en chercher une ailleurs : c'est la résolution que je formai dès l'âge de quinze ans ,
et que j'exécutai quelques années après en
passant en Angleterre. Deux grands hommes
de ce siècle , le feu roi de Prusse et le feu
prince de Conti (j'écris ceci en 1794) , ont
senti la force de ce raisonnement, dans les
conversations que j'ai eu l'honneur d'avoir
avec eux sur ce sujet, et sont convenus que
j'avois raison. J'ai prêté serment au roi
d'Angleterre ; j'ai été plusieurs fois chargé
des affaires de Sa Majesté dans une Cour
étrangère ; j'ai une pension de l'Etat, un
bénéfice dans l'Eglise : je continue à dire

que je suis plus Anglois que la plupart de
ceux qui ne le sont que par le hasard de leur
naissance.

35. C'est une erreur de croire que l'A-
rabie n'a jamais été conquise : *ab Assyriis
Persisque sæpe victi*, disent Hérodote,
livres 2 et 3, et Xénophon dans la *Cyro-
pédie*, livres 1, 2, 3, 4, 8. Strabon, très-
exact écrivain, dit au livre 16ᵉ. qu'Alexan-
dre-le-Grand avoit eu le dessein d'y établir
le siége de son Empire. Ælius-Gallus, général Romain, l'ami et le protecteur de
Strabon, soumit une partie de l'Arabie-
Heureuse; et les Turcs en ont été maîtres
pendant long-tems. On en peut voir les
preuves dans les Voyages de Niebur en
Arabie, et sur-tout au second tome, pages
15, 26 et 27, édition *in*-8°.

36. La plupart des vices consistent dans
les défauts ou les excès ; la plupart des vertus dans l'observance d'un juste milieu. Les
vertus se trouvent moins dans le bas peuple
et chez les grands, que dans la classe
moyenne des hommes : le peuple connoît
moins ses devoirs, c'est leur défaut ; les

grands les connoissent, les transgressent, et donnent dans l'excès ; la généralité des hommes, qui forment l'état moyen, les connoît mieux et les pratique davantage.

37. Le *pont du Gard* a été bâti par *Agrippa*, et est supposé avoir fait partie d'un aqueduc qui conduisoit à Nîmes les eaux des fontaines d'Eure et d'Airain.

38. La *maison carrée* étoit un temple élevé à l'honneur des Césars *Caïus* et *Lucius* fils d'Agrippa. Le duc de Choiseul, qui avoit toujours de grandes idées, forma le projet de transporter ce bel édifice dans le parc de Versailles. Les mesures étoient prises ; on avoit déjà trouvé un architecte, qui avoit fait son plan de numéroter toutes les pierres du bâtiment, et de les replacer si bien ensemble, que l'on ne se fût point aperçu du dérangement. La chose ne fut cependant pas mise à exécution : la ville de Nîmes étoit au désespoir de se voir enlever sa belle église ; on ne voulut pas lui donner ce chagrin. Si la chose eût eu lieu, la question de celui qui, admirant une belle église à la campagne, demandoit si elle avoit été faite

sur les lieux , seroit devenue moins absurde.

39. Paul, grand-duc de Russie, disoit des
troubles de Genève que c'étoit une tempête
dans un verre d'eau. Ce mot convenoit bien
à l'héritier du plus vaste empire qui existe.

40. Le docteur Rogertson, médecin Ecossois, attaché à l'impératrice de Russie, allant de Pétersbourg en Ecosse, passa par
Paris vers l'année 1786. M. Necker, malade
depuis quelque tems, désira le consulter :
le Docteur nous dit ensuite qu'il n'avoit
aperçu autre chose en lui qu'*une ambition
rentrée*. Ce mot est fort joli pour un étranger, s'il est de lui pourtant; car on a prétendu depuis que le docteur Tronchin en
avoit dit autant de M. Turgot.

41. Le chevalier Mann, ministre d'Angleterre à Florence, me communiqua, en
1782, l'anecdote suivante. Un aide-de-camp
du général Murray, alors gouverneur de
Minorque (le capitaine George Donn) et
un nommé La Rivière, commis de son secrétaire, avoient déposé, qu'ayant été suc-

cessivement mandé du duc de Crillon par
le Général, pour affaires de cartel, le Duc
leur avoit peu-à-peu insinué, et sur-tout
au commis, qu'il étoit autorisé par la cour
d'Espagne d'offrir au Gouverneur de Ma-
hon une somme considérable, s'il vouloit
rendre cette place ; ajoutant que l'on pren-
droit des mesures pour écarter tout soup-
çon de connivence. Il proposoit de payer
un million comptant au général Murray,
qu'il pouvoit nommer ce qu'il exigeoit de
plus. Le Duc, pour les mieux persuader de
prêter l'oreille à ses offres, avoit avancé
qu'en l'année 1756 on s'y étoit pris de la
même manière, ce qui rendoit compte de
la facilité avec laquelle la forteresse s'étoit
rendue, sur la prise seule des redoutes de
la Reine et d'*Anstruther*.

Le général Murray, indigne de cette proposition, écrivit au Duc la lettre suivante :

« Monsieur,

» Quand un de vos Rois proposa à votre
» brave ancêtre d'assassiner le duc de Guise,
» il fit la réponse que vous auriez dû faire
» au roi d'Espagne, quand il vous a chargé

» d'assassiner le caractère d'un homme ,
» dont la naissance n'est pas moins illustre
» que la vôtre, ou celle du duc de Guise.

» Je ne puis désormais avoir rien à dé-
» mêler avec vous que les armes à la main,
» et je ne veux plus admettre aucun com-
» merce entre nous qui ne soit hostile au
» souverain degré. »

Le duc de Crillon lui répondit :

« MONSIEUR,

» Votre lettre nous remet chacun à notre
» place; elle me confirme dans l'estime que
» j'ai eu toujours pour vous. J'accepte avec
» plaisir votre dernière proposition. »

Le chevalier Mann me fit voir la lettre
originale que le général Murray lui écrivoit
là-dessus , dont je fis cet extrait.

42. L'abbé Fabroni, recteur de l'Univer-
sité de Pise , m'a assuré avoir vu , au commencement de la guerre d'Amérique , des
lettres des Américains de Boston au Prétendant, pour l'engager à aller se mettre

à leur tête. Je savois que le duc de Choiseul avoit dessein d'envoyer ce Prince en
Amérique en 1760; mais je ne me serois
pas douté que des républicains aussi déter-
minés que les Bostoniens eussent désiré un
Prince de la maison de Stuart pour leur
chef.

43. Ces Bostoniens avoient, depuis long-
tems, le dessein de se soustraire à la domination angloise; car M. de Bougainville
m'a dit que lorsqu'il étoit en Canada, il
traduisit une lettre d'eux à M. de Mont-
calm, par laquelle ils lui proposoient de se
donner à la France.

44. Le Prétendant n'étoit pas si pauvre d'esprit qu'on le publioit; je l'ai vu plusieurs
fois, et j'ai eu une fois une conversation de
deux heures avec lui : il parloit bien plusieurs langues, et paroissoit fort bien entendre les intérêts politiques des Cours de
l'Europe. Celle dont il se louoit le moins
étoit la Cour de France; il s'en plaignoit à
plusieurs égards. Outre la manière dont on
l'avoit joué dans l'expédition de 1745, il disoit que c'étoit à la persuasion de la France

qu'il s'étoit marié avec une Princesse de
Stolberg, et que le duc d'Aiguillon, alors
Ministre des affaires étrangères, lui avoit
promis, en considération de ce mariage,
une pension de 250,000 liv. qui ne lui avoit
jamais été payée.

45. J'ai étudié, Polybe à la main, la route
que fit Annibal en Italie; je ne comprends
pas qu'il puisse y avoir deux opinions sur
ce sujet. Polybe étoit homme de guerre; il
avoit beaucoup de capacité; il dit qu'il a
fait le voyage des Alpes, exprès pour véri-
fier la marche du général Carthaginois; il
avoit conversé avec les généraux Romains,
qui avoient fait la guerre contre ce grand
homme; il doit avoir causé avec des habitans
des Alpes qui avoient vu passer cette armée,
son témoignage est donc irrécusable. Il dit
qu'Annibal passa par le pays qui est au con-
fluent de l'*Isère* et du *Rhône*, ou le *Vien-
nois*; que de là il traversa le pays des Allo-
broges, qui est le *Dauphiné*, et partie de
la Savoie, qu'il descendit des Alpes dans
les plaines arrosées par le Pô, et que la
première ville qu'il prit fut Turin : ainsi ,
selon Polybe, Annibal tint la même route

que l'on tient encore aujourd'hui, excepté
qu'au lieu d'avoir pris par le Mont-Cénis,
il aura passé par la montagne d'Exiles. Ce
qui me porte à le croire est, que tous les
auteurs s'accordent à dire que ce Général,
pour encourager son armée, lui fit voir, du
sommet d'une montagne, les belles plaines
du pays qu'ils alloient conquérir. Or, d'a-
près les conversations que j'ai eues souvent
avec plusieurs officiers Piémontois, qui connoissoient le mieux les Alpes, il n'y a que
la montagne d'Exiles dont le sommet puisse
offrir ce point de vue à une armée. Tite-Live
s'accorde à faire descendre Annibal par Exiles; mais il se trompe quand il le fait entrer
par la vallée de Briançon.

46. Voulant toujours outrer la chose, on
a représenté comme une merveille, qu'Annibal eût fondu les Alpes, pour me servir
de l'expression de quelques auteurs. Cela se
réduit pourtant à un procédé fort simple :
il arrivoit sans doute alors, ce qui arrive
encore assez souvent aujourd'hui, que de
grosses masses de rochers, se détachant du
haut des montagnes, roulent dans les vallons et embarrassent les chemins. Tite-Live

dit seulement, que, dans un de ces cas-là,
Annibal fit allumer un grand feu autour du
rocher, et que, lorsqu'il fut rougi par la
chaleur du feu, il fit verser dessus une très-
grande quantité de vinaigre, qui, perçant
dans les veines du rocher, entr'ouvert par
la chaleur et calciné, l'amollit et lui facilita
le moyen de le briser aisément. Il y a quelques années que M. *Dupla,* curé de Mont-
gaillard au pays de Foix, renouvela l'expérience d'Annibal, et par le même procédé
parvint à tracer un chemin de cent toises
de longueur et de douze pieds de largeur à
travers un rocher dur, inaccessible et entouré de précipices : ce chemin conduit à
présent de la ville de *Foix à Dévernajou* et
autres lieux circonvoisins ; il est de la plus
grande utilité dans cette partie de la province.

47. Charlemagne, né en 742, proclamé
roi de France en 768, couronné Empereur
à Rome l'an 800, mourut à Aix-la-Chapelle
le 28 janvier 814. Il ne laissa à sa mort
qu'un fils légitime, Louis-le-Débonnaire,
qui lui succéda, deux filles Abbesses, et
sept enfans naturels. Il avoit eu deux fils

qui moururent avant lui : *Pépin-le-Bossu ,*
relégué à l'Abbaye de Pruyon, pour avoir
conspiré contre la vie de son père (il mourut
en 810); l'autre fils, *Charles ,* fut vice-roi
de la France orientale, ou partie de l'Allemagne, et mourut en 811 sans lignée.

. Le dernier roi de France, de la race de
Charlemagne, a été *Louis V ,* dit le *Fai-*
néant , mort sans enfans, à l'âge de vingt
ans, l'an 987, après un règne de deux ans.

Après sa mort, le Royaume appartenoit
de droit à *Charles ,* oncle de *Louis V ,* et
fils de *Louis IV d' Outremer :* mais ce Prince
s'étant rendu odieux aux François, par sa
conduite et son alliance avec *Othon ,* roi
de Germanie, les Seigneurs le regardèrent
comme un transfuge et un déserteur, ils
l'exclurent de la succession, et déférèrent
la couronne à *Hugues Capet,* duc de France,
chef de la troisième race.

Ce même *Charles ,* fils de *Louis d'Outre-*
mer , fut pourvu du duché de la Basse-Lorraine, comprenant le Brabant, et d'une
partie de la Haute-Lorraine, par son cousin
l'empereur *Othon II.* Il voulut revendiquer
ses droits à la couronne de France contre

Hugues Capet ; ce qui occasionna une guerre
civile , qui dura quelques années , et fut enfin terminée par la prise de *Charles* dans
la ville de Rheims le 2 avril 991. Il fut conduit en prison à Orléans , où il mourut
l'année suivante.

Othon, fils de ce duc Charles, succéda à
son père dans le duché de Basse-Lorraine
et de Brabant. Il mourut l'an 1007 sans laisser de postérité, et fut le dernier mâle de
la race de Charlemagne.

Gérard III, comte d'Alsace, fut créé duc
de Lorraine à l'âge de dix ans, l'an 1048,
dans la même diète de Worms, où Brunon,
évêque de Toul, son cousin, fut nommé
Pape, et prit le nom de Léon IX. Il étoit
de la maison d'Hapsbourg, et arrière-petit-
neveu de Gontran, tige de la maison d'Autriche. Gui-Patin, p. 479, tome premier,
parle d'un procès du prince de Condé contre
le duc de Lorraine, où l'avocat - général
Talon prouva que celui-ci n'étoit pas des-
cendu de Charlemagne, ni de Godefroi de
Bouillon, mais de Gérard d'Alsace.

48. Il faut deux septiers de blé, de 240
liv. pesant chacun, pour nourrir un homme

par an ; c'est une livre de seize onces par
jour, du plus beau pain. Un arpent produit en France six septiers ; un septier de
froment est douze boisseaux chacun de 20
livres pesant. Un million de boisseaux de
blé peut nourrir 5o,ooo hommes par an.

49. L'auteur de l'*Examen du ministère de
Colbert,* Bruni, ancien directeur de la Compagnie des Indes, pense que le blé, dans
un État propre au règne des arts, doit être
un objet *d'économie intérieure,* mais jamais, par sa nature, un objet de commerce.

Le même auteur dit : Un État ne doit
pas faire cultiver avec le projet immédiat
de vendre à autrui, mais faire travailler
beaucoup chez lui, pour faire cultiver et
consommer beaucoup dans son sein.—Dans
l'hypothèse de là consommation intérieure,
l'État compte deux sujets, l'un vendeur,
l'autre acheteur, et visiblement deux béné-
fices, puisque c'est dans ce même État que
s'est formée la valeur propriétaire qui a vendu, *premier bénéfice ;* et que c'est dans le
même État encore qu'a été produite par le
travail la valeur d'industrie qui a acheté la

valeur de subsistance, *second bénéfice* du même genre.

Un pays qui commerce de ses subsistances, quand il peut en nourrir des ouvriers, ses sujets, donne à autrui sa propre population.

M. Necker, dans les mêmes principes, ajoute : C'est la Pologne, abâtardie par le gouvernement féodal, qui vend ses grains à l'industrieuse Hollande ; c'est l'Afrique, ignorante et barbare, qui vend les siens à Marseille ; c'est l'Amérique naissante qui vend ses blés à l'Europe perfectionnée ; c'est la France, éclairée par Colbert, qui les consomme elle-même. — On objecte que les manufactures détournent de la culture des terres, en présentant aux hommes des occupations plus attrayantes ; on répond que les artistes ne sont nourris que par les subsistances superflues, qui ne peuvent exister que par la culture ; ainsi les arts ne sont pas les rivaux de l'agriculture, mais son encouragement et sa récompense. Les Colonies d'une Puissance, pour bien remplir les vues du possesseur, doivent cultiver des productions hétérogènes à celle de leur patrie

principale, nécessaires ou utiles aux con-
sommations de celle-ci, et dépendre d'elle.
pour leur subsistance et autres objets de
première nécessité. C'est de ce maintien
exact que dépend toute leur utilité.

5o. On confond souvent les trois d'Argen-
sons, tous trois Ministres d'État; en voici
l'éclaircissement.

M. d'Argenson, né à Venise, en 1652,
où son père étoit Ambassadeur, fut lieute-
nant de Police à Paris, ensuite Garde - des-
Sceaux, Ministre d'Etat, et mourut en 1721.

Marc-Pierre d'Argenson, son fils, naquit
à Paris en 1696, fut lieutenant- général de
Police, chef du Conseil du Régent, conseil-
ler d'État en 1724, secrétaire d'État pour la
Guerre, surintendant des Postes : il établit
l'École militaire, fut disgracié en 1757, et
se retira à sa terre des Ormes en Poitou, où
il mourut en 1764.

René-Louis d'Argenson, frère du dernier, fut Ministre des affaires étrangères,
et mourut en 1756. Il étoit bon politique,
excellent citoyen, avoit un esprit agréable,
perfectionné par la lecture : étant réservé
par caractère, on l'appeloit, aussi sotte-

ment qu'injustement, *d'Argenson la bête.*
Il a écrit les *Considérations sur le Gouver-*
nement, 1765, in-8º.; et les *Loisirs d'un Mi-*
nistre d'Etat , 2 volumes *in - 8º.* 1787.
Marc-Pierre étoit père du marquis de Voyer
d'Argenson, mort en 1783; que j'ai beaucoup connu.

51. Un des plus grands ouvrages entre-
pris dans le siècle dernier, est le passage de
la Grotte près les Échelles, à l'entrée des
Alpes ; ce passage est taillé dans le roc, qui
a de chaque côté plus de cent pieds de hauteur. Il fut fait par *Charles Emmanuel,* le
grand - père du roi Victor. Voici une très-
belle inscription en marbre, placée en cet
endroit :

Carol. Eman. Sabaudiæ Dux.
Pedem. Princeps, Cypri Rex.
Publicâ felicitate partâ, singulorum commodis intentus,
Breviorem securioremque viam regiam a naturâ occlusam,
Romanis intentatam, cæteris desperatam,
Dejectis scopulorum repagulis,
AEquatâ montium iniquitate; quæ cervicibus imminebant
Præcipitia pedibus substernens, æternis
Populorum commerciis patefecit.
Ann. Dom. 1670.

52. Le Dauphin, père de Louis XVI, disoit du cardinal de Rohan : C'est un Prélat

respectable, un grand Seigneur fort affable,
et un drôle bien découplé.

53. Le prince Lanti m'a raconté à Rome,
qu'étant allé à Paris, il envoya un jour chercher un friseur ; bientôt après on introdui-
sit dans sa chambre un homme bien. mis,
et l'épée au côté; il vouloit à toute force le
faire asseoir avant de lui parler ; mais l'autre lui ayant dit enfin qu'il étoit le friseur,
et qu'il venoit pour le coiffer , le Prince
s'assit, en lui recommandant de se dépêcher.
« Mon Prince , » lui dit cet homme, « je
» suis le physionomiste ; permettez que je
» fasse entrer mon second : » et il fait entrer
un garçon perruquier avec tout son appa-
reil. Plaçant ensuite le Prince à sa fantaisie,
il l'observe avec attention, le prenant par
le menton , pour mieux examiner son visage; puis s'adressant à son second, «Visage
» à marrons, dit-il, marronnez Monsieur ;»
et se retira , en faisant une humble révé-
rence.

54. Quelques jours après la bataille de
Rosback on intercepta une lettre d'un offi-
cier François, qui parut si singulière, qu'on

en prit des copies, qui couroient à Berlin,
et l'on se pâmoit de rire en la lisant. Voici
la lettre :

« Enfin, le jour tant désiré est arrivé.
» Nous nous sommes mesurés avec le roi
» de Prusse, et, contre notre attente, nous
» avons été battus à plate couture. Notre
» Colonel a été tué à la tête du régiment;
» le Marquis de**, qui étoit le meilleur de
» mes amis, a eu la tête emportée d'un coup
» de canon ; mais ce sont leurs affaires :
» pour moi, je me porte bien. » On appeloit cela de la gaieté françoise.

55. Voici une autre lettre d'un François au
Roi, bien différente de celle-ci. Elle fit beaucoup de bruit quand elle parut ; elle est noble, hardie, et produisit l'effet désiré. Cette
lettre est du marquis de Gironde, en 1783.

SIRE,

« Il ne reste plus au marquis de Gironde,
» votre lieutenant-général de l'île de France,
» qu'à demander par grâce à Votre Majesté
» ce qu'elle accorde à tous ses sujets à titre
» de justice ; la liberté de me pourvoir de-
» vant mes juges naturels pour réclamer

» mon droit de l'Aide de la ville de Cler-
» mont, que l'un de vos Contrôleurs-géné-
» raux m'a enlevé sans prétexte ni forme,
» et que l'autre refuse constamment de me
» restituer. Ce patrimoine de mes ancêtres,
» qui n'a jamais été domanial, est un franc-
» aleu noble, aussi ancien que la Monar-
» chie. Ma propriété, fondée sur des titres
» nombreux, est inattaquable ; ma préten-
» tion est une maxime du droit public. Je
» dis à vos Contrôleurs-généraux : Ou ren-
» dez-moi mon bien, ou payez-moi sa juste
» valeur ; et puisqu'ils me refusent la justice,
» que je ne puis douter que Votre Majesté
» a dans le cœur qui me soit rendue, je la
» supplie très-respectueusement qu'elle me
» permette de la demander dans les tribu-
» naux chargés de me la rendre. Ce n'est
» pas une affaire qui ait la moindre relation
» à celle du Gouvernement, c'est l'abus de
» l'autorité de ceux qui sont en place. »

56. La comtesse Amélie de Boufflers tourmentoit souvent une Demoiselle Angloise
qui demeuroit chez sa belle-mère ; l'autre
lui répondoit quelquefois assez sèchement :
« Mademoiselle, vous êtes bien orgueilleu-

» se », lui dit un jour la Comtesse.—«Vous
» vous trompez, Madame », lui dit l'Angloise, « je ne suis que fière ». « Quelle
» différence faites-vous donc entre les
» deux »? lui demanda la Comtesse. « Ma-
» dame, *l'orgueil est offensif*, *et la fierté
» est défensive* ». Cette distinction si juste,
faite par une étrangère, manquoit aux Synonymes de l'abbé Girard.

57. J'ai entendu feu M. le prince de Conti
faire une observation également juste à un
homme de l'Académie Françoise ; ce n'étoit
rien moins que le célèbre Diderot. Je l'avois
amené chez ce Prince, qu'il désiroit de remercier, en personne, d'une pension qu'il
lui avoit accordée. Le Prince nous reçut au
lit : deux chaises furent placées à côté de
ce lit; mais en deux minutes l'homme de
lettres se mit si bien à son aise avec Son
Altesse, qu'il se trouva assis sur le lit, et
les voilà à discuter sur les affaires politiques
qui agitoient alors le Parlement de Paris
(c'étoit dans l'hiver de 1776). Le Prince y
jouoit un rôle distingué, et s'opposoit avec
chaleur aux mesures des Ministres du Roi.
Monseigneur, dit Diderot, il paroît que vous

êtes bien *entêté* (il avoit dessein de le louer).
Alte-là , M. Diderot, répondit vivement le
Prince, ce mot n'est pas dans mon Dictionnaire : *entêté* veut dire, opiniâtre pour le
mal, et *ferme*, est opiniâtre pour le bien.
N'est-ce pas *ferme* que vous vouliez dire ?
Diderot , sans être embarrassé , convint
que la distinction étoit juste. Nous fûmes
ensuite chez la comtesse de Boufflers ,
avec qui il n'étoit pas aisé de se familiariser ;
mais Diderot, qui n'y regardoit pas de si
près , fut à peine assis à côté d'elle, que ,
tout en causant, il lui mettoit la main sur
les genoux, au grand étonnement de cette
Dame, qui lui demanda s'il en avoit usé
ainsi avec l'impératrice de Russie , qu'il
avoit été aussi remercier d'une pension. Il
répondit tout uniment qu'oui, que c'étoit
son habitude.

58. Dans le tems que Frédéric-le-Grand,
roi de Prusse , se mouroit d'hydropisie ,
comme la maladie traînoit en longueur, il
dit un jour à son successeur : « Je vous de-
» mande pardon, mon neveu, de vous faire
» attendre si long-tems. »

59. Louis XV tenoit assez souvent des

propos très-désagréables à ses courtisans,
sans avoir dessein de leur faire de la peine.
Un jour que le cardinal de Luynes lui faisoit
sa cour : « Cardinal, lui dit le Roi, votre
» bisaïeul est mort d'apoplexie, votre père
» et votre oncle sont morts d'apoplexie ;
» vous m'avez l'air de devoir mourir un
» jour d'un coup d'apoplexie ». « Sire,
» répondit le Cardinal, heureusement que
» nous ne sommes pas au tems des Rois
» Prophètes. »

60. M. de Hautefort, relevant d'une longue maladie, pendant laquelle Louis XV
avoit envoyé savoir de ses nouvelles, n'eut
rien de plus pressé que d'aller l'en remercier. Comme il parloit de sa convalescence,
le Roi, qui le voyoit pâle et blême, dit:
« Belle convalescence ! » et puis l'enten-
dant tousser, « M. de Hautefort, dit-il,
» voilà une toux qui sent le sapin. » J'ai
rapporté dans un autre ouvrage plusieurs
traits de Louis XV du même genre, que
j'omets ici.

61. Lorsque le feu roi de Suède étoit à
Florence, il eut une longue conversation

avec le Prétendant, le 1ᵉʳ. décembre 1783,
dans laquelle celui - ci dit, que, dans le
mois de septembre 1750, il avoit été à
Londres avec le colonel Brett. Le premier
endroit où il débarqua fut à la tour de Londres ; il en examina l'extérieur, et trouva
qu'il étoit très-facile d'en faire sauter la porte
avec un pétard. Il fut ensuite en un loge-
ment à Pall-Mall, où, le soir même, se trouvèrent plus de cinquante de ses partisans,
entre lesquels il nomma le duc de B—t et
le lord W—d ; et il assura le Roi, que s'il
avoit vu jour à rassembler seulement quatre
mille hommes, il se seroit mis à leur tête.
Il resta à Londres quinze jours sans que le
Gouvernement parût le savoir. Le roi de
Suède répéta, le jour même, cette conversation au chevalier Mann, de qui je la tiens.
Le chevalier Holker, Anglois, m'a dit qu'il
étoit de ce voyage, que le Gouvernement
étoit instruit, et se contenta de l'observer.

62. M. Brydone se flattoit d'avoir vu, du
sommet du mont Etna, un horizon de huit
cent milles de diamètre, dont le rayon auroit été de quatre cent milles : or, en faisant
attention à la convexité du globe, il est

prouvé qu'il faudroit que l'Etna eût seize
milles de hauteur pour voir à cette distance,
même avec le meilleur télescope. L'Etna n'a
que deux milles de haut, selon les mesures
les plus exactes, et il n'est pas possible de
découvrir la terre à plus de cent cinquante
milles de là. Ceci s'accorde avec ce que me
dit un jour lord Seaforth, qui se baignant
dans la mer, près de l'île de Malte, il vit
le soleil se coucher derrière le mont Etna,
dont il n'apercevoit alors que le sommet: on
compte la distance de Malte au mont Etna
d'environ cent cinquante milles.

63. Au mois de juin 1781, le ministère de
Turin fut averti qu'un certain père Casimir,
récolet, étoit enfermé dans un cachot au
couvent de la *Madonna delli Angioli*, où
il étoit enchaîné depuis cinq ans de la manière la plus cruelle. Un Turc, au service
du marquis d'Entraives, se promenant un
jour dans le jardin de ces Pères, avec le
cuisinier du couvent, entendit quelqu'un
se plaindre par le soupirail d'un caveau; il
fit son rapport, et l'on approfondit la cause.
On savoit déjà que ce père Casimir avoit été
mis dans un cachot, et même l'archevêque

de Turin en avoit souvent demandé des
nouvelles au père Gardien, qui avoit d'a-
bord refusé d'en rendre compte, et avoit
fini par dire qu'il étoit mort. Le roi de Sardaigne, sur l'avis qu'on lui donna de ce qui
se passoit, envoya visiter le couvent, et
l'on trouva dans le cachot ce pauvre Reli-
gieux dans un état horrible, mangé de vers
aux parties de son corps blessées par les
chaînes, les jambes toutes retirées, et plus
mort que vivant. Le Gardien du couvent
fut exilé dans un autre de son Ordre à
la campagne, déclaré incapable d'exercer
aucun emploi; châtiment que l'on trouva
beaucoup trop doux, vu la cruauté qu'il
avoit commise envers son malheureux confrère, à qui l'on avoit infligé une peine aussi
affreuse, pour s'être enfui à Venise avec
une femme, quoiqu'il fût revenu de lui-
même se remettre au pouvoir de ses supé-
rieurs.

64. Une Dame de condition à Paris, devant se séparer d'avec son mari, vint au
lieu du rendez-vous où devoit se passer l'acte
avec son avocat et son procureur. « Mon-
» sieur, » dit-elle à son mari, qui l'attendoit

avec ses avocats, « je n'entends point les af-
» faires, ainsi ne me faites point de ques-
» tion ; ces Messieurs sont ici pour vous
» dire mes raisons, et recevoir vos répon-
» ses. » Le mari ayant commencé par exposer les griefs qu'il avoit contre sa femme ,
lui supposa entr'autres des torts qu'elle
crut tellement offensans pour son honneur,
qu'enfin impatientée, elle se lève et l'inter-
rompt par un soufflet qui met sa perruque
de travers. Le mari, sans se démonter ,
rajuste sa perruque, et se tournant vers
l'avocat de sa femme : « Monsieur, puisque
» c'est vous qui recevez les réponses pour
» Madame, voici celle que j'ai à lui faire ; »
et il donna un tel soufflet à l'avocat , qu'il
le renversa par terre, et la conférence fut
rompue.

65. Un homme de qualité à Paris, dont
on m'a dit le nom, que je ne veux pas citer, ayant eu une querelle avec sa femme,
s'emporta jusqu'à lui donner un soufflet.
Pleine de colère, elle court chez son avocat,
pour le consulter sur une plainte qu'elle
vouloit porter contre son mari. L'avocat
informé par elle qu'il n'y avoit point de

témoins de l'injure, lui dit que la plainte
seroit inutile, et qu'il n'y avoit point de remède. Elle revient ; en rentrant, son mari
va au-devant d'elle, et veut savoir où elle
a été. « Chez mon avocat, Monsieur, pour
» le consulter sur le soufflet que vous m'a-
» vez donné ; mais comme il m'a dit que je
» ne pourrois en rien faire, je ne veux point
»·le garder, et je vous le rends : » en disant
cela, elle donne un soufflet à son mari, et
se retire précipitamment pour éviter la ré-
cidive.

66. L'île d'Ithaque (*Théachi* ou *Thiaki*)
est séparée de celle de Céphalonie par un
canal de trois ou quatre milles de large ;
elle a environ vingt-cinq milles de tour.
Ceux qui ont avancé que l'on n'y voyoit que
des rochers stériles, ne l'ont pas parcourue,
et ne l'auront probablement vue que de loin
en mer et dans l'hiver, où les feuilles des
vignes, qui couvrent une partie des collines, n'existent plus, et donnent un air de
nudité aux rochers ; mais dans l'été, et de
Céphalonie même, elle présente un aspect
riant. Un des grands produits est de raisins
de toutes espèces, dont on fait du vin, où

que l'on fait sécher ; il y a des oliviers , des
mûriers blancs pour les vers à soie , et toutes
sortes de grains dans les vallées ; car on y
voyoit peu de plaines , quoiqu'il y en ait
cependant d'assez fertiles. Le mont *Nérite ,*
qui conserve encore son ancien nom , est
fort élevé , et bien ombragé de fort beaux
arbres.La ville et le port sont situés au pied
de cette montagne , et garantis par-là des
vents du nord et de l'est, ce qui en rend le
séjour très-sain. A quelque distance de *Théachi,* on voit des ruines , que l'on prend encore pour les restes du palais d'Ulysse ; et la
mémoire de Pénélope y est même à présent
dans la plus grande vénération. La ville
n'est pas bien peuplée , les habitans ne faisant pas eux-mêmes le commerce de l'exportation de leurs denrées ; ils attendent que
les marchands de Céphalonie et de Corfou
viennent les leur acheter. Ce qui fait le plus
de plaisir est l'intérieur de l'île , où l'on
trouve des vallons charmans , des vues vrai-
ment pittoresques , et sur-tout une vallée
étroite , où coule paisiblement une rivière
agréable. Les collines qui la resserrent sont
ornées des plus beaux arbres toujours verts ;
ce qui forme un ensemble qui répond à

l'idée que nous donne Élien de la vallée de Tempé. Cette île est sujette des Vénitiens, et dans le gouvernement de Céphalonie. *Ceci s'écrivoit en* 1794.

67. Le prince de Piémont n'avoit pas encore sept ans lorsque son précepteur, le cardinal (alors le père) Gerdil lui expliquoit la fable de la boîte de Pandore. Il lui disoit que tous les maux qui affligent le genre humain étoient enfermés dans cette boîte fatale ; que Pandore, excitée par la curiosité, l'ouvrit, et qu'aussitôt ils en sortirent pour se répandre sur la surface de la terre. « Comment, mon Père ! » dit le jeune Prince, « tous les maux étoient renfermés » dans cette boîte ? » « Oui, Monseigneur, » répondit le Précepteur. « Cela ne se peut » pas, » répliqua le Prince, « puisque la *cu-* » *riosité* tenta Pandore ; et ce mal qui étoit » déjà dehors, n'étoit pas le moins grand, » étant l'origine de tous. »

68. Quand le prince de Piémont fut parvenu à l'âge de 15 à 16 ans, son père, désirant qu'il s'instruisît des affaires, le faisoit quelquefois appeler au Conseil. Le Prince crut qu'il pouvoit y dire son avis, et peu-

à-peu le donnoit assez librement ; mais
quand il s'aperçut que l'on n'en tenoit nul
compte, il jugea qu'il étoit inutile pour lui
de se trouver au Conseil, et il ne manqua
pas de prétextes pour s'en absenter. Le Roi
n'insista pas sur sa présence, et ne lui parloit jamais d'affaires. Un jour cependant
qu'il étoit avec le Roi et la Reine, qui agitoient ensemble une question d'Etat, le
Prince, sans en être prié, déclara ce qu'il
pensoit. Le Roi l'interrompit, en lui disant:
« Ah ! ah ! je crois que vous voulez vous
» mêler de régler mes affaires. » « Pardon-
» nez-moi, » dit le Prince, « je ne me mêle
» que de régler ma montre, et je vous as-
» sure qu'elle va bien. »

69. M. de Châteauneuf eut l'esprit fort
précoce. Il n'avoit pas neuf ans qu'un Évêque, croyant l'embarrasser, lui dit : « Mon
» enfant, dites-moi où est Dieu, et je vous
» donnerai une orange ». « Monseigneur »,
reprit l'enfant, « dites-moi où il n'est pas,
» et je vous en donnerai deux. »

70. Rien n'étoit plus intéressant que d'entendre M. Pitt et M. Fox dans un débat de la

Chambre des Communes. Tous deux avoient
infiniment d'esprit, d'énergie, de chaleur
et d'éloquence. Ceux qui se piquoient de
prononcer entre eux sans partialité, accor-
doient cependant la supériorité à M. Pitt :
il avoit aussi un plus bel organe ; et quoiqu'il parlât avec beaucoup de rapidité, et
sans jamais hésiter, il n'étoit pas possible
de substituer une meilleure expression à
celle qu'il employoit. Ce qu'il y avoit de
singulier relativement à ces deux célèbres
antagonistes, est que leurs pères avoient
toujours été opposés l'un à l'autre dans leur
carrière politique, comme l'ont été presque
toujours les fils, qui tous deux surpassent
leurs pères. M. Pitt est plus jeune de dix
ans que M. Fox : Dès l'âge de vingt-trois ans
et demi il étoit premier Ministre : jamais
administration si longue n'a été si brillante,
si solide, et n'a joui d'une confiance aussi
générale.

71. Lady Berkeley avoit épousé en se-
condes noces lord Nugent, Pair d'Irlande,
dont elle se sépara ensuite de corps et de
biens. Je n'entre point dans les raisons de
cette séparation ; ce qu'il y avoit de sûr,

étoit l'aversion que lord Nugent professoit
ouvertement pour lady Berkeley, et dont
il lui donnoit des preuves toutes les fois
qu'il trouvoit l'occasion de la mortifier.
Il arriva que, se trouvant tous deux en
même-tems aux eaux de Bath, lord Nugent, qui avoit beaucoup de crédit parmi
la bonne compagnie, prit à tâche d'écarter
lady Berkeley de toutes les fêtes; et ayant
invité un jour les Dames à un grand déjeûné, qui devoit être suivi d'un bal dans
les salles publiques, on peut bien penser
que lady Berkeley ne fut pas invitée, et elle
forma le projet de s'en venger : voici comment elle s'y prit. — Au jour marqué pour
le déjeûné, elle va de grand matin, avec
une amie, au lieu du rendez-vous ; après
avoir fait un tour dans les salles, elle passe
dans l'endroit où bouilloit l'eau pour le
thé; et, feignant de se trouver mal, elle
envoie, l'un après l'autre, les garçons chercher différens secours; et le moment qu'ils
eurent quitté leur poste, elle et son amie
jettèrent dans les bouilloires une quantité
de *jalap* suffisante pour causer l'effet
qu'elles souhaitoient. Cela fait, elle resta
tranquille, et joua si bien son rôle qu'on

ne se douta de rien ; ensuite elle demanda,
à rester dans un endroit retiré , d'où elle
pouvoit tout observer sans être vue.

Cependant la compagnie arrive , on dé-
jeûne, la conversation s'anime, les violons
donnent le signal, tous paroissent disposés
à devenir gais, lorsque le *jalap*, mêlé avec
le thé , commença à produire l'effet accou-
tumé. Chacun s'efforçoit de se contenir autant qu'il étoit possible ; mais , sans égard
au respect humain, le *jalap* les obligea de
sortir l'un après l'autre, et lord Nugent des
premiers , au grand plaisir de lady Berkeley, qui s'amusa infiniment des grimaces
et des contorsions que les convives faisoient
pour ne pas paroître pressés par la nécessité
de se retirer. Elle sortit enfin la dernière ,
après avoir vu finir la fête beaucoup plutôt
qu'on ne s'y étoit attendu.

72. Vers l'année 1775 , la Zamperini ,
actrice de l'Opéra, revenant de Lisbonne
par mer, fut tellement effrayée par une
tempête, qu'elle en tomba dans un état de
stupidité dont rien ne fut capable de la tirer.
Arrivée à Venise , au milieu de sa famille ,

on lui donna tous les secours que peut sug-
gérer la médecine, mais en vain. Elle man-
geoit, buvoit, dormoit, et faisoit toutes
les fonctions de la vie animale ; mais elle
ne connoissoit personne, elle ne prenoit
intérêt à rien, et sembloit plongée dans
l'état de stupidité le plus profond. Quèl-
qu'un s'avisa un jour de jouer du clavecin
devant elle ; aussitôt elle fut émue, peu
après, elle parut s'animer au point de
prendre part à la musique, et vint jusqu'à
chanter les airs favoris qu'on lui jouoit.
Cela fut répété souvent pendant six mois,
et toujours avec les mêmes symptômes et
les mêmes effets. Une personne digne de
foi m'a dit l'avoir vue plusieurs fois dans
ces circonstances. Au premier aspect on
l'eût prise pour une idiote ; l'approchoit-
on du clavecin, aussitôt qu'on en jouoit,
sa physionomie changeoit, et elle chantoit
peu à peu avec autant d'expression et de
feu que jamais ; mais un moment après elle
retomboit dans le même état d'insensibilité.
Madame de Durazzo, Ambassadrice impériale à Venise, eut la curiosité de la voir ;
elle fut touchée de sa situation, la prit chez
elle, et à force de soins, de médecine, et

sur-tout de musique, elle eut, après deux
ans, la satisfaction de la voir entièrement
revenue à son premier état de santé et de
connoissance, et en 1778 elle parut sur le
théâtre de Venise avec le plus grand succès.

73. Dans le comté de Hampshire, en Angleterre, la fille d'un curé de campagne,
étant réduite, par la mort de son père, à
la dure nécessité de chercher une ressource
pour subsister, n'en trouva point d'autre
que celle d'entrer au service d'une ancienne
amie de sa mère, en qualité de femme-de-
chambre. Émilie (c'étoit son nom) avoit
reçu de ses parens la meilleure éducation :
elle étoit jolie, d'une figure très-agréable,
sensée, sage, réservée, et du maintien le
plus modeste. Malheureusement pour elle,
un jeune Gentilhomme assez riche, ami de
la maison où elle étoit, fréquentoit souvent
cette maison. Le maître et la maîtresse,
n'entretenant qu'un seul petit laquais pour
tout domestique, la pauvre Émilie, qui ai-
doit ordinairement à servir le thé, ayant
souvent occasion de voir ce jeune homme,
en devint éprise avant de s'être aperçue des
progrès funestes de ce sentiment en elle;

et lorsqu'elle s'en aperçut, sa raison la
portant à le combattre, elle y fit des efforts
inutiles et si fâcheux pour elle, que sa santé
en fut vivement altérée. Sa maîtresse, qui
l'aimoit tendrement, après avoir en vain
consulté les médecins, l'envoya chez une
amie, à vingt milles de là, afin d'essayer si
le changement d'air pourroit lui être favorable. L'absence de l'objet de son affection
contribua sans doute à son rétablissement;
elle revint chez sa maîtresse, et la même
occasion de voir ce jeune homme se présentant encore, fit revivre sa passion. Ferme-
ment résolue de se vaincre, ou de mourir,
plutôt que de céder au penchant qui l'en-
traînoit malgré elle, elle tomba dans l'état
de santé le plus déplorable. Les médecins,
n'en pouvant découvrir la cause, soup-
çonnèrent qu'elle devoit être affectée d'un
profond chagrin, et la prononcèrent en
danger. Sa maîtresse, affligée, la conjura
de lui confier son secret, lui promettant,
non-seulement de ne pas trahir sa confiance, mais de faire son possible pour apporter
le remède convenable, et pour achever de
la persuader, elle lui dit le danger où elle
étoit, si elle s'obstinoit à se taire. Touchée

de l'amitié de sa maîtresse, Émilie lui déclara
sa passion, la pria de la cacher à celui qui
en étoit l'objet, reçut avec résignation l'annonce d'une mort qui la délivreroit enfin
d'un amour malheureux que tous ses efforts
n'avoient pu surmonter. Sa maîtresse ne
put se défendre de faire part à son mari
de cette circonstance ; ils résolurent ensemble de sonder le jeune homme à ce sujet, et peu à peu, trouvant qu'il avoit fait
attention au mérite d'Émilie, ils l'enga-
gèrent à avoir pitié de sa situation ; il y
consentit, il demanda à la voir ; à quoi,
étant préparée par sa maîtresse, il entra
en conversation avec elle, il lui témoigna
le plus grand désir de la voir rétablie, et
fut même jusqu'à l'assurer que, si elle pouvoit se remettre, il seroit charmé de l'épouser. M'épouser ! s'écria-t-elle, en élevant
ses bras, et fixant ses regards sur lui !
m'épouser ! et sa tête tombant en arrière,
elle expira dans le moment.

74. Une livre d'or angloise, de 5760
grains, est monnoyée en 44 guinées et de-
mie, de douze parties d'or pur, et d'une
alliage. — La guinée contient 118 grains

615^{déc.} d'or pur, sans alliage. — Le louis d'or, avant 1785, contenoit 113 grains 27^{déc.} de grains anglois d'or pur, sans alliage. Les grains françois sont aux anglois comme 121 71^{déc.} à 100.

Un écu anglois contient 429 grains 68^{déc.} d'argent pur, sans alliage. Un écu de 6 liv. françois contient 409 grains 49^{déc.} d'argent pur, sans alliage. La proportion d'alliage, dans la vaisselle d'argent et autres ouvrages d'orfévrerie en France étoit, avant la révolution, de 11 den. 10 grains. En Angleterre, la vaisselle, etc. est au même taux que la monnoie : 20 guinées mesurent un pouce de tous côtés : — 20 pieds cubes contiendroient plus de 238 millions de guinées.

75. Cent hommes ne pourroient pas porter la dette nationale de l'Angleterre en billets de banque de 10 livres sterling, dont 512 font une livre pesant ; de sorte que 242 millions de livres sterling, qui étoit la dette nationale quand ce calcul a été fait, peseroient 47,650 livres, ce qui feroit pour cent hommes 473 livres chacun.

76. Un sol anglois mis à intérêt accumulé (*compound interest*) sur le pied de 5 pour

100, à la naissance de J. C. auroit produit l'année 1786 la somme énorme de 290,991, .000000, 000000, 000000, 000000, 0000∯ liv. sterling ; ce qui feroit environ 110 millions de notre terre en or solide. Au lieu qu'à inté-rêt simple, il n'auroit produit que.....7ˢ 6ᵈ

77. Plutarque, dans son *Traité sur la manière de bien écouter,* parle ainsi du beau : ὡς ἐν ἔργῳ δέ παντὶ, τὸ μεν καλον ἐκ πολλῶν οἷον ἀριθμῶν εἰς ἕνα καιρὸν ἥκοντων ὑπό συμμετρίας τινὸς ϰ ἀρμονίας ἐπιτελεῖται, etc. *En toutes choses le beau est le résultat de plusieurs qualités qui concourent ensemble, et forment par leur accord une harmonie parfaite.* C'est précisément le système du Père André : *Essai sur le Beau.*

Le goût est le sentiment du Beau, considéré dans les objets relatifs aux beaux-arts.

78. Je définis la morgue, un composé de fierté, de dureté, de gravité et de bêtise, en doses égales.

79. L'amitié se soutient, dit Plutarque, par la vertu, la familiarité et l'utilité.

89. Leibnitz, pénétré de l'idée d'une liaison universelle entre tout ce qui existe, dit : Que chaque être représente la totalité des êtres. Le moindre changement qui arrive dans une substance, est un tableau vivant de ce qui arrive dans toutes les autres, et *pour l'Intelligence Suprême c'est l'histoire de l'Univers.* Elle y voit se concentrer tous les rapports qui enchaînent le présent, le passé et l'avenir. Notre âme est une de ces substances représentatives. Il faut donc que chacun de ces états renferme une infinité d'autres états; chacune de ces perceptions, une suite infinie d'autres perceptions. Chacune est, pour ainsi dire, un long raisonnement dont les termes sont rapprochés et confondus. Que de grands et magnifiques spectacles ne nous présente-t-il pas ! Une harmonie universelle, le monde faisant un tout, où chaque chose est à sa place; *chaque être est un petit miroir de l'Univers;* l'Univers un grand miroir des perfections de l'Être infini; enfin, notre propre perfection comprise dans la perfection générale. Nous portons tous avec nous ce que nous devons être dans l'éternité; ce germe se développe dans une suite d'états par

lesquels nous passons , et ne cesserons de
passer. C'est dans ce sens que Leibnitz a
raison de dire que la mort est bannie de
son système ; elle n'est qu'un développe-
ment avantageux de nos facultés , qui élar-
git la sphère de nos connoissances, de notre
activité, de notre bonheur.

81. Le chancelier d'Aguesseau , avec
toutes les connoissances et l'esprit possible,
étoit fort irrésolu ; son fils, qui étoit tout
le contraire , lui disoit un jour : « Mon
» père , vous savez tout, et ne décidez ja-
» mais sur rien. » « Mon fils, « répondit le
» Chancelier, » vous ne savez rien, et déci-
» dez toujours sur tout. »

82. Lorsque j'étois à Pise en 1783, il se
passa une scène assez extraordinaire, qui
faisoit le sujet de toutes les conversations.
Le chevalier F***, après avoir fait sa cour
à la Marquise**, dont il étoit passionné-
ment aimé , prit la résolution de se marier
avec une fort aimable Demoiselle de condition de Pise. Pour éviter les importunités
de la Marquise, qui cherchoit à le détour-
ner de ce mariage , il cessa tout-à-coup

d'aller chez elle. La Marquise désolée de
la perte de son amant , et ne sachant comment le rappeler à elle , s'avisa de s'adres-
ser à une vieille et pauvre femme de cette
ville , qui avoit la réputation d'employer
avec succès des moyens surnaturels pour
faire retrouver des effets perdus ; et le Chevalier étant considéré comme un effet pré-
cieux appartenant à la Marquise , par droit
d'une longue possession , la vieille entre-
prit de le lui ramener aussi amoureux que
jamais.

Pour commencer à tirer parti de la cré-
dulité de cette amante délaissée , la vieille
lui demanda de l'argent pour acheter les
drogues nécessaires à ses conjurations , ainsi
que quatre cents aunes de ruban , qui devoit
aller d'une maison à l'autre , pour servir
de moyen de communication à ses enchan-
temens. La nuit étant prise , la vieille intro-
duite chez la Marquise , et ses femmes retirées , on commença à procéder à l'opéra-
tion. Toutes les bougies furent éteintes , et
une lampe allumée , dont la foible lueur
dans une grande chambre permettoit à peine
d'apercevoir les objets ; la vieille brûla quel-

ques drogues dans un rechaud , qui produi-
sirent une fumée épaisse ; et ayant ordonné
à là Marquise de se déshabiller toute nue ,
elle répandit sur elle certains onguens , en
récitant une kirielle d'imprécations.

L'obscurité , la fumée , le langage extraordinaire de la vieille , l'idée de se trouver toute seule nue au milieu de la nuit
avec une vieille sorcière , firent alors une
telle impression sur l'esprit de la pauvre
Marquise , qu'elle tomba en convulsions ;
en faisant des cris qui alarmèrent tous les
domestiques. On accourt, on force la porte,
on donne des secours à la Marquise, et l'on
s'empare de la vieille , qui fut livrée à la
justice. Au lieu d'étouffer cette affaire , la
prétendue sorcière fut condamnée à passer
trois heures au pilori , et ce fut ce qui occasionna le plus grand scandale ; car cette
misérable , n'ayant rien à risquer, et voulant se disculper de l'imputation de sorti-
lége , commença à entretenir le peuple assemblé autour d'elle de l'histoire des amours
de la Marquise et de son amant, y ajoutant
plusieurs anecdotes relatives à d'autres personnes de la ville dont elle étoit l'entremet-

teuse ; et si l'archevêque de Pise , qui fut
informé sur-le-champ de cette scène , n'y
eût mis fin au plutôt , toutes les intrigues
de la ville, se trouvoient exposées au grand
jour. La Marquise se tint cachée chez elle ,
la vieille fut mise au cachot, et l'amant ne
s'en maria pas moins.

83. Un pauvre Curé de village en Kent ,
un peu goguenard , entra un jour chez un
perruquier de la ville voisine pour se faire
faire une perruque. Celui-ci avoit une bonne
éclanche de mouton qui sortoit de la bro-
che , à laquelle il invita le Curé de prendre
part. Le Curé accepte , et eut lieu d'être
satisfait de la bonne réception que lui fit le
bon barbier , qui n'épargna pas sa meilleure
bierre en cette occasion. Après le dîner ,
le Curé alloit se retirer, lorsque le barbier
l'arrêta , en lui disant , qu'il oublioit de se
faire prendre la mesure de sa perruque.
» Non , » dit le Curé , « vous en avez trop
» bien agi avec moi pour que je vous joue
» un mauvais tour ; la vérité est, que n'ayant
» point d'argent, je n'avois pas dessein de
» payer la perruque que vous m'auriez
» faite ; je vais la commander chez un

» autre, qui probablement ne me fera pas
» un aussi bon accueil que vous. »

84. Dans le tems des troubles qui agitè-
rent l'église de France, sur les questions du
Jansénisme et du Molinisme, le Gouvernement s'en mêla, et défendit que l'on écrivît ou parlât davantage sur ce sujet; la
Police à Paris avoit ses espions pour veiller
à l'observance de cet ordre. Un jour que
l'on causoit là-dessus dans un café, un homme
me qui ne paroissoit pas trop bien entendre
la question, se mêla de dire son avis. Sur
quoi il fut accosté par quelqu'un, que l'on
vit bien être un espion de Police, qui
lui dit : « Ah ! ah ! Monsieur, vous êtes
Janséniste ? » Non, Monsieur, » répondit
l'autre. « Comment, Monsieur, vous êtes
» donc Moliniste ! » « Moi, non, Monsieur,
» je vous assure. » « Et que diable êtes-vous
» donc ? » « Monsieur, je suis *Ebéniste*. »

85. Le Prétendant retiré en Toscane, y
avoit pris le nom de comte d'Albanie; en 1784,
il reconnut ouvertement la fille qu'il avoit
euc 37 ans avant, d'une Demoiselle Écos-
soise, et qu'il avoit fait élever à Paris dans

un couvent. Il la fit venir à Florence, la créa
duchesse d'Albanie, et lui donna l'Ordre du
Thistle, dont elle étoit toujours décorée.
Il lui destinoit le bien mobilier de sa famille,
qui pouvoit se monter à deux millions, argent de France. Il lui avoit donné les dia-
mans de la couronne d'Angleterre, que
Jacques II avoit emportés avec lui, ainsi
que le fameux rubis, engagé autrefois par
la république de Cologne, au célèbre So-
biesky, son beau-père; mais cette duchesse
d'Albanie mourut avant son père, à l'âge
d'environ 40 ans.

86. L'opinion que je me suis formée de
l'état présent des Sciences et des Arts en
Italie, après avoir appliqué mon attention
à cet objet, est fort au-dessus de celle que
j'en avois avant que d'y avoir été. Pendant
mon séjour dans les grandes villes de ce
beau pays, j'ai cherché à y connoître les
savans et les gens de lettres, et j'en ai
trouvé plusieurs dont le génie et les lumières ne le cèdent en rien à ceux dont on re-
lève tant le mérite en France; mais ils auroient besoin de secours pour cultiver leurs
talens et se faire connoître au-dehors. Quel-

ques - uns vivent sous le gouvernement de
Princes qui manquent de volonté ou de
moyens pour encourager les efforts des esprits disposés aux sciences ; d'autres sont
privés des ressources d'une grande ville ;
comme Paris, pour y concevoir le germe
de leurs idées, le faire croître avec succès
par le commerce des gens de lettres, et le
polir en le présentant à la bonne compagnie. J'en ai connu à qui il ne manquoit
que des prôneurs zélés pour avoir au moins
une réputation égale à celle de plusieurs
importans de Paris. En général, c'est un
désavantage pour le progrès des arts et des
sciences, de n'avoir pas dans un grand pays,
une seule grande capitale, qui soit le point
de réunion du génie et des talens, et un
Gouvernement puissant pour les mettre en
œuvre et les récompenser.

Malgré tous ces inconvéniens, j'ose avancer que quoique l'Italie n'ait guère plus de
la moitié de la population de la France, elle
n'a pas fourni moins de grands hommes
depuis un siècle que la nation la plus peuplée de l'Europe. Je ne parlerai point de
la prééminence des Italiens dans la pein-

ture, la sculpture et l'architecture; il n'y
a personne qui ne reconnoisse leur supériorité dans ces arts, et qui n'aille les étu-
dier chez eux. Pour la musique, il ne faut
qu'avoir des oreilles pour en juger : Guy
d'Arezzo, il y a près de 800 ans, inventa
la méthode de la noter sur des lignes parallèles pour indiquer les tons, et donna des
noms à chaque ton. Depuis ce tems-là les
Italiens ont constamment perfectionné cet
art, et leur goût est la règle de toutes les
autres nations. Que ce soit l'effet du climat,
ou l'harmonie de leur langue, la poésie est
portée parmi eux au plus haut degré d'ex-
cellence. Le Dante, Pétrarque, l'Arioste,
le Tasse, Guarini, Bembo, Redi, Caro,
Marchetti, Chiabrera, Metastasio, mille
autres dont l'énumération seroit infinie,
ont surpassé les poëtes modernes de toutes
les nations. Ils ont eu aussi d'excellens historiens : Machiavel, Guicciardini, Davila,
Fra Paolo Sarpi, Gianoni, en font foi; et
de nos jours l'Histoire de la Guerre de Ve-
letri, par Castruccio Buonamici, est écrite
en latin avec toute la pureté du siècle d'Auguste, et le génie de Tacite. L'histoire des
Révolutions d'Italie, par Denina, est une

des meilleures productions du siècle en ce genre, malgré les entraves où se trouvoit l'auteur. Pour l'érudition et les antiquités, c'est la patrie des Aldes, des Scaliger, de Vacca, Sadoletti, Gori, Baronius, Bianchini, Ligori, Noris, Muratori, Pacciaudi, Ficoroni, Venuti, Maffei, Zeno, Mazocchi, etc.

En médecine ils ont eu des génies de la première classe. Fabricius ab Aquapendente, et Césalpin, ont enseigné la circulation du sang; et Harvey, qui avoit étudié sous le premier à Padoue, l'a ensuite démontrée. Salviani, Malpighi, Redi, Baglivi, Morgagni, Fallope, ont fait de très-belles découvertes en cette science, et les trompes fallopiennes portent encore le nom de ce dernier. La botanique et l'histoire naturelle leur ont aussi les plus grandes obligations. Césalpin a établi le système de Linnée, qui le reconnoît lui-même. Aldovrandi, Marsigli, Redi, Targioni, Tozzetti, Salviani, Pompeo, Neri, Fontana, le père de la Torre, ont publié des ouvrages remplis d'idées infiniment utiles pour l'avancement de ces sciences, ainsi que l'abbé Spalanzani, sur qui toute l'Europe savante a les yeux fixés.

Dans l'algèbre, l'astronomie, la géométrie, et les mathématiques, quelle nation a fourni plus de grands hommes ? On regarde avec raison Cavallieri comme l'inventeur du calcul des infiniment-petits : son maître Galilée, dont le nom seul est un éloge, est le fondateur de la saine astronomie ; son ami Torricelli, mort jeune, a beaucoup contribué à perfectionner la physique et la géométrie. Viviani fut aussi un digne disciple de Galilée. Eustace Manfredi étoit en même tems savant astronome et bon poëte. Borelli a donné plusieurs excellens ouvrages d'astronomie, de mathématiques, de physiologie, qui font autorité parmi les plus savans. Guglielmini a, pour ainsi dire, formé une nouvelle science dans son ouvrage de la nature des rivières et des eaux courantes; et il étoit aussi habile médecin que grand physicien et mathématicien. Le père Boscovich, que j'ai connu à Pise, et qui a écrit des poëmes latins sur les sciences exactes, avec l'élégance de Virgile ; le père Boscovich, par la profondeur et la généralité

de ses connoissances, doit être nommé immédiatement après Descartes, Newton, et
Leibnitz. Et que dirons-nous du célèbre La
Grange de Turin, sans rival en Europe
pour l'algèbre et la géométrie? Dès l'âge
de dix-neuf ans il avoit publié des traités
qui faisoient l'étonnement de MM. Euler
et d'Alembert. Il ne faut pas omettre de
parler de Jean-Baptiste Porta, à qui, malgré ses rêveries, la physique et l'histoire
sont redevables de plusieurs inventions in-
génieuses, entr'autres de celle de la chambre obscure. Je passe sous silence les grands
jurisconsultes, Accurse, Bartoli, Alciat;
les métaphysiciens Moniglia, Genovese;
mais ce seroit une preuve d'ignorance ou
d'injustice d'omettre de parler de Zabaglia,
dont la méthode aussi simple que savante
dans la mécanique, fut tellement utile dans
les travaux qui lui furent confiés à Rome,
et dans les autres parties de l'Italie.

On juge bien que je n'ai pas prétendu
faire ici une revue bien exacte de tous les
grands hommes qu'a produits l'Italie; on
trouvera peut-être que j'en ai oublié quelques-uns, et l'on aura raison. J'aurois dû

parler, par exemple, de l'abbé Fortis, habile naturaliste; du docteur Toaldo, pro-
fesseur d'astronomie à Padoue ; de Tira-
boschi, savant auteur d'une Histoire de la
littérature Italienne, en 12 vol. *in-4°.* ; du
comte Alfieri, de Turin, grand poëte tragique; du marquis Gagliani, savant éditeur
de Vitruve ; de l'abbé Gagliani, son frère,
auteur du dialogue sur les blés, qui fut si
fort approuvé à Paris, et d'un traité en italien sur les monnoies, trop peu connu ; du
bon Goldoni, le Molière de son pays ; du
père Frisi ; du marquis et du père Beccaria ;
des deux comtes de Veri de Milan ; du
comte de Saluces, président de l'Académie
Royale de Turin, savant chymiste et physicien ; du chevalier Andréani ; qui a ima-
giné un eudomètre pour mesurer la salu-
brité de l'air. Ces auteurs vivent la plupart
encore aujourd'hui, et je les ai tous vus
et fréquentés ; mais la liste en seroit trop
longue, et je m'arrête ici pour prendre
haleine.

87. Le cabinet d'Histoire Naturelle de
Vienne a été formé à Florence, par le chevalier Baillou, qui le vendit à l'empereur

François I , et en fut nommé le Directeur.
La description qu'en a donné *Joannon de
St.-Laurent,* disciple de Baillou , à Lucca,
en 1746 , *in-4°.* , étant devenue très - rare ,
j'en ai fait un extrait, que les amateurs en
ce genre ne seront pas fâchés de trouver ici.

PRINCIPES MINÉRALOGIQUES.

Il y a trois grandes divisions : les *Pétrifications,* les *Métaux,* les *Pierreries.*

Les Pétrifications sont : 1°. des corps
pénétrés ou enveloppés de la matière des
pierres ; 2°. des corps dans lesquels , ou
autour desquels, cette matière s'est moulée
exactement , et tellement confondue avec
les parties de ces corps , qu'ils ne paroissent
plus qu'avec le caractère de pierres. Du
premier ordre de ces corps sont , les bois et
les os fossiles ; quelques pierres , où sont
représentés des végétaux, des poissons, etc.
Du second ordre , sont plusieurs crustacées
et testacées , comme les échins , les can-
cres , et une infinité de coquilles de toutes
sortes.

Les corps se pétrifient en admettant le
suc pierreux dans leurs pores. Les dents ,

les os , corps plus compactes , ne se pétrifient qu'après une espèce de calcination
naturelle , qui en a consumé les huiles, et
disposé leur contexture à recevoir le suc
pétrifiant.

Les parties homogènes d'un corps pétri-
fié , considéré comme dépendant du règne
minéral, sont les parties terrestres , pier-
reuses , crystallines et métalliques , en-
gaînées dans la contexture du fossile. Les
parties hétérogènes du même corps (hétérogènes du règne minéral) sont ses fibres ,
son squelette ; en un mot , ces parties du
fossile qui ont conservé sa contexture ori-
ginelle. Cela s'entend pour le règne minéral
simplement ; ce seroit le contraire , si l'on
considéroit les fossiles dans un autre sens.

Dans un cabinet il faut tâcher d'avoir les
corps analogues des corps pétrifiés , pour
déterminer quelles sont les parties hétérogènes relativement au règne minéral.

Les neuf collections des analogues sont :
1°. les plantes marines ligneuses de substance cornée ; 2°. les plantes marines pier-

reuses et poreuses; 3°. les coraux; 4°. les
crustacées ; 5°. les coquillages ; 6°. les
plantes marines pétrifiées ; 7°. les plantes
terrestres, bois, feuilles et fruits pétrifiés ;
8°. les crustacées et les coquillages pétrifiés ; 9°. les poissons et leurs parties, avec
celles de quelques autres animaux pétrifiés.

Les MÉTAUX sont des mixtes de terre vitrescible, de sel vitriolique, de soufre. De
ces mixtes, il se forme des dissolutions,
des *crocus,* qui colorent les corps crystal-
lins exposés à leur action, et les fait servir
de transition aux pierres précieuses. La
terre séparée reste composée de petits canaux ou tuyaux, criblés par l'évaporation
des sels et des huiles.

La 10e. collection consiste en terres,
sables, et graviers ; la 11e. collection, en
sels, fossiles, nitres, aluns, vitriols ; la
12e. collection est composée des soufres,
des bitumes, ou sels unis à un phlogistique.

La terre des métaux est peut-être une
sorte de suc ou matière pierreuse. Dans
le cuivre, au microscope, elle est comme

un composé de petits rubis ; dans l'étain,
elle est cristalline ; elle est talqueuse dans
le plomb.

Cette terre est vitrescible ; c'est donc un
suc pierreux qui en est la base, le même
qui fait le fond des sables, des graviers, des
cailloux.

Ainsi la 13e. collection des *sucs pierreux*,
est une suite naturelle des précédentes.

Il y a différens sucs pierreux, qui, unis
par accident à des terres, des sables, des
graviers, forment à proportion du mélange,
les différentes espèces de pierres.

Et peut-être, par la même raison, les
sucs qui feroient la terre des métaux, en
s'unissant aux sels et aux soufres conve-
nables, feroient-ils les genres et les espèces
de métaux.

C'est d'après ces motifs que le chevalier
Baillou, considérant en premier lieu les
pierres dans leurs familles, les distribuoit
dans les collections suivantes, d'où il passoit aux métaux.

III. F

Ces collections sont : la 14e. des incrus-
tations et des pierres sablonneuses et gra-
veleuses ; la 15e. des albâtres, et pierres
serpentines tendres; la 16e. des marbres
granits et porphyres ; la 17e. collection est
composée de toutes les différentes sortes de
jaspes ; la 18e. des agates, chalcédoines, et
cornalines ; la 19e. collection consiste dans
ces pierres à prétendues vertus, comme la
pierre *stellaris*, les pierres judaïques (qui
ne sont que des épines d'échin), la cra-
paudine, la turquoise, etc. et l'aimant qui
seul a une vertu efficace parmi les pierres
de cette classe.

Il est une grande partie des métaux en
leur état naturel, qu'on mettroit dans le
nombre des pierres, à en juger par le coup-
d'œil. Il n'y a même que les gens de l'art
qui les distinguent.

Le pyrite, presque pure pierre, mais sul-
fureuse, qui souvent a du métal, et qui en
est l'avant-coureur, offre une transition
des plus naturelles, et fait la 20e. collection
des pyrites ou marcassites. La 21e: collection consiste dans les métaux et autres mi-
néraux, tels qu'on les trouve dans leurs
mines.

Le *suc pierreux*, qui forme les pierres
précieuses, est pur; ce qui les colore est
la seule chose qui s'y unisse : c'est la substance la plus parfaite du métal, ou du minéral, leur fleur.

Les *quartz* et *flueurs*, qui dépendent des
métaux, font partie de la 21ᵉ. collection; et
ils ont trop de rapport, par la couleur et
la transparence, avec les pierres précieuses,
pour ne pas se nuer avec elles. Ils servent
donc de transition à la 22ᵉ. collection des
cristallisations et des *pierres précieuses*
attachées à leurs mines, décrites au long
dans le corps de l'ouvrage. Relativement à
cette classe, le chevalier Baillou établit
deux principes : 1°. que chaque sorte de
pierre précieuse se forme d'un suc qui lui
est particulier, et qui affecte une configuration propre à son genre ; 2°. que
l'essence des pierres précieuses n'est pas
qu'elles soient colorées (ce n'est qu'un accident), mais elle consiste dans leur dureté, leur gravité spécifique, et leur configuration.

La 23ᵉ. collection consiste dans les pierres
précieuses taillées ; enfin, la 24ᵉ. collec-

tion est composée des pierres factices. De
la turquoise au rubis toutes les pierres fines
peuvent être imitées par le moyen de la
chimie ; mais l'examen de leur gravité spécifique et de leur dureté, dévoile au naturaliste la vérité de leur état.

Selon les principes du chevalier Baillou,
on peut passer par les plantes marines ligneuses aux plantes marines molles, et de
là à la botanique terrestre ; des crustacées
et des testacées on peut aller aux poissons,
aux amphibies, reptiles, quadrupèdes,
oiseaux, etc. *Vid.* n°. 167.

88. J'allois autrefois souvent à Paris, je
voyois beaucoup ce qu'on appeloit alors *les
philosophes*. C'étoit sur-tout chez madame
Geoffrin, chez le baron d'Holback, et chez
M. d'Alembert, qu'étoient leurs principaux
rendez-vous. C'étoit là que l'on tramoit
sourdement la destruction de la Religion,
du Clergé, de la Noblesse, du Gouvernement. Dès l'année 1766 je disois aux Evê-
ques liés avec eux : Ils vous détestent ; aux
grands Seigneurs qui les protégeoient : Ils
ne peuvent soutenir l'éclat de votre rang,

qui les éblouit; aux Financiers qui les prô-
noient : Ils envient vos richesses. On continuoit à les admirer, à les flatter, à les
prôner. En 1769 je tentai d'alarmer la société sur les progrès qu'ils faisoient; je pu-
bliai à Rome une brochure, intitulée le
Tocsin, qui fut ensuite réimprimée à Turin et à Paris. J'y dévoilois leurs desseins
destructeurs. L'année suivante ayant eu occasion de voir Voltaire à Genève, il me prit
à partie sur cette publication; mais je crois
que je ne me tirai pas mal de cette attaque.
Je passai les années 1774, 1775 et 1776 à
Paris, et fis paroître le *Tocsin*, sous le titre
de *l'Appel au Bon Sens*, toujours n'en
voyant pas moins les philosophes, car on
les trouvoit dans toutes les compagnies :
j'allois même quelquefois chez M. d'Alembert; et comme je leur avois déclaré guerre
ouverte, je n'avois pas de duplicité à me
reprocher. Ils me ménageoient cependant,
non que j'eusse rien en moi qui pût leur
en imposer; mais j'avois le bonheur d'être
bien vu de feu M. le prince de Conti, de feu
M. le duc de Choiseul, et de plusieurs
autres personnes qu'ils craignoient. Malgré
cela, ils ne perdoient pas l'occasion de me

dénigrer. Condorcet, sous le nom d'un théologien, écrivant contre l'abbé Saba-thier, qui m'avoit loué, en prit occasion de me critiquer. Le chevalier de Châtellux, qui étoit dévoué aux soi-disant philosophes, m'avoit fait beaucoup de politesse en 1774; il désira même être lié d'amitié avec moi, du moins il me le dit. Il publia un ouvrage, *De la Félicité publique*, où il fait mention honorable de moi; mais ayant envoyé son livre à Voltaire, celui-ci, choqué de me voir loué par un de ses sectateurs, lui en fit de sanglans reproches dans une lettre con-çue en termes injurieux contre moi. Ce même chevalier de Châtellux, qui m'avoit demandé mon amitié, fut lire cette lettre dans les cercles, entr'autres chez la maré-chale de Luxembourg et chez madame de Trudaine, deux maisons où j'allois sou-vent, et dans lesquelles je n'en fus pas moins bien reçu. Un de mes amis fit sentir au chevalier de Châtellux combien une telle conduite étoit peu digne d'un homme bien né, et exigea de lui une sorte de répara-tion de sa faute, ce qu'il fit; mais deux ou trois ans après il n'en donna pas moins cette lettre à l'impression. Quand Beaumarchais invita ceux qui avoient des lettres de Voltaire, à les lui envoyer pour les publier, je fus informé de cela ; et du moins, à mon corps défendant, je crus devoir communiquer aux éditeurs de Voltaire deux lettres que j'avois de M. de Voltaire lui-même, qui pouvoient servir de contre-poison au tort qu'il vouloit me faire ; mais Condorcet, le principal éditeur, ne les inséra pas, quoiqu'elles valussent bien cent autres qu'il a publiées. La première est, lorsque je lui écrivis pour le consulter sur l'édition que je voulois donner de toutes les œuvres du célèbre Leibnitz. Voici sa réponse :

Au Château de Ferney, par Genève, 6 novembre 1764.

« MONSIEUR,

» Vous rendez un grand service à tous les amateurs des sciences, en faisant une collection complète des œuvres du célèbre Leibnitz. Près de la moitié étoient éparses comme les feuilles de la Sybille, et il y a même bien des choses qui ressemblent assez aux oracles de cette vieille, c'est-à-dire, qu'on ne les entend guère. Vous les enri-

chirez sans doute, Monsieur, de vos judi-
cieuses remarques. Je suis malheureusement peu à portée de vous servir ; je com-
mence même à désespérer de pouvoir lire
ce recueil intéressant, car je suis en train
de perdre entièrement la vue. L'état où je
suis ne me permet pas de vous écrire de ma
main ; je n'en suis pas moins sensible à
l'honneur que vous me faites, j'en sens tout
le prix. J'ai l'honneur d'être avec la plus
respectueuse estime ,

» MONSIEUR,

» Votre très-humble et très-

obéissant serviteur,

» VOLTAIRE,

« Gentilhomme ord. de la Chambre du Roy. »

La signature, (de près d'une ligne) toute
entière de Voltaire , est de sa main, et assez
singulière ; j'en dirai un mot, après avoir
rapporté l'autre lettre qu'il m'écrivit, pour
me remercier du présent que je lui avois
fait d'un exemplaire de mon édition de
Leibnitz, en 6 vol. *in*-4°. très-bien relié.

« MONSIEUR,

» Vous rendez un grand service aux lettres,
et vous me faites un présent dont je sens
tout le prix. Vous êtes comme Isis, qui ras-
sembla tous les membres épars d'Osiris, et
qui le fit adorer. Je croirai posséder Leibnitz chez moi, si jamais vous me faites l'honneur de venir dans mon hermitage.

» Pardonnez à un vieux malade, s'il ne
vous remercie pas plus au long ; je n'en
suis pas moins pénétré de reconnoissance et
de tous les sentimens que je vous dois.

» J'ai l'honneur d'être,

» MONSIEUR,

» Votre très-humble et très-
obéissant serviteur,

Au Château de Ferney,   » VOLTAIRE. »
ce 9 juin, 1768.

Le contraste entre ces lettres et la lettre
injurieuse qu'il écrivoit contre moi au chevalier de Châtellux, est on ne peut pas plus

frappant, et n'a pas besoin de commentaire. Ce que j'avois à dire de la signature de la première lettre est ceci : J'avois vu plusieurs lettres de la main de Voltaire, et j'avois remarqué dans toutes un défaut d'orthographe. J'étois bien éloigné de conclure qu'il l'ignoroit ; mais j'observois cela en compagnie. Quelqu'un me soutint que je me trompois, et paria que je ne pourrois pas produire une faute d'orthographe dans une lettre de Voltaire. Je dis que j'en avois deux, et les proposai pour pari ; on l'accepte, je les vais chercher ; mais comme il y avoit plus de vingt ans que je ne les avois lues, j'avois oublié qu'il n'y avoit que la signature de sa main. Cependant, dans la signature de la première lettre il se trouva une faute d'orthographe, et même à la rigueur deux, en sorte que je gagnai mon pari. Je n'ai pas besoin de les indiquer, elles sautent aux yeux.

89. Le chevalier Gatti, habile médecin, disoit un jour au grand-duc de Toscane : Quand on est malade, c'est une dispute entre le malade et la maladie ; on appelle un médecin, qui vient, les yeux bandés, un bâton à la main, pour terminer la querelle.

S'il frappe sur la maladie, il guérit le malade; s'il frappe sur le malade, il le tue.

90. On se nourrit des *anciens*, on les
presse, on en tire le plus que l'on peut, on
en renfle ses ouvrages; et quand l'on est
auteur, et que l'on croit marcher tout seul,
on s'élève contre eux, on les maltraite;
semblable à ces enfans *drus* et forts d'un
bon lait qu'ils ont sucé, qui battent leur
nourrice. — *Caractères de La Bruyère,
chap.* 1*er*.

91. L'abbé M***, au commencement de
la révolution en France, parut un des plus
zélés à la favoriser; il écrivit contre la Noblesse, et par ses discours et ses ouvrages il
se montra l'un des plus ardens défenseurs
de l'Assemblée nationale; mais lorsque, par
les opérations de l'Assemblée, il se vit privé
de son bénéfice, de sa pension et d'un trai-
tement de six mille livres qu'il avoit, pour
faire un Dictionnaire de Commerce, il commença à blâmer la conduite de l'Assemblée.
Il écrivit alors à lord Lansdowne une longue lettre, dans laquelle il se plaignoit beaucoup des revers qu'il avoit éprouvés; sur

quoi lord Lansdowne lui répondit : « Qu'il
» devoit se regarder comme un soldat blessé
» dans une armée victorieuse. »

92. L'amitié est l'union de deux corps
par une seule âme, ou une âme en deux
corps : Μία ψυχὴ δυὸ σώμασι ἐνοικοῦσα , selon
Aristote et Diogènes de Laërce. Plutarque
a dit à peu près la même chose : Μίας ψυχῆς
ἐν πλείοσι διηρημένης σώμασι. Tom. 1 , pag. 167,
lig. 19 , édit. Reisk.

93. S. Augustin (Confess. lib. IV , c. vi.)
exprime bien fortement le regret que lui
causoit la mort de son ami : « M'étant tou-
» jours regardé comme un autre lui-même,
» je m'étonnois de me voir vivre après sa
» mort; je sentois que son âme et la mienne
» n'avoient été qu'une seule âme en deux
» corps. La vie m'étoit en horreur; il me
» sembloit n'être vivant qu'à demi, et ce-
» pendant je craignois de mourir, de crainte
» que celui que j'avois tant aimé ne mourût
» entièrement. »

94. A vingt ans on tue le plaisir; à trente
on le goûte ; à quarante on le ménage ; à

cinquante on le cherche ; à soixante on le regrette.

95. La comtesse Amélie de Boufflers disoit : « Il ne peut être question d'estime en » amour ; car quel est le but d'un amant, » sinon de faire perdre à celle qu'il aime » tout droit à son estime ? » Ceci est très-juste, pourvu qu'on l'applique seulement à l'amour de galanterie.

96. Le chevalier Robinson, grand et fluet, demandoit un jour à lord Chesterfield de faire quelques vers sur lui ; lord Chester-field fit aussitôt ce distique, qui perdroit à être traduit :

> Unlike my subject now shall be my song;
> It shall be witty, and it sha'n't be long.

97. C'est une jolie devise que celle qui se trouve sur une médaille, représentant le vent qui souffle sur une girouette ; la girouette dit : *Si tu ne changes, je ne tourne.*

98. Les événemens malheureux de notre vie peuvent être tournés à notre avantage par notre constance à les supporter. C'est la pensée de *Marc-Aurèle*, rapportée au N°. 15, mais exprimée différemment.

99. Les rois de France , disoit le cardinal de Retz, n'ont pas cru s'abaisser, en se liant eux - mêmes à leurs ordonnances ; semblables à Dieu , qui obéit toujours à ce qu'il a commandé une fois.

100. Belle expression dans ce passage d'*Agathon*, par Wieland ! « Je jouissois de » cette félicité , qui donne aux jours la ra- » pidité des instans , et aux instans la valeur » des siècles. »

101. L'abbé Gagliani et l'abbé Raynal étoient les deux plus grands parleurs que j'aie connus. Un ami du dernier, qui s'amusoit de tout , voulant se donner le plaisir de les faire rencontrer ensemble , invita l'abbé Gagliani chez lui. L'abbé Gagliani entama la conversation , s'en empara si bien , et parla avec tant de volubilité , que l'abbé Raynal ne trouvoit pas le moindre intervalle pour placer un mot ; sur quoi se tournant vers son ami , il lui dit tout bas : S'il crache , il est perdu.

102. La présomption a tant de hauteur et si peu de base , qu'elle est facile à renverser. *Mémoires de madame de Staal.*

103. On reprochoit à M. Whitfield d'a-

voir consacré aux hymnes qui se chantoient
dans son église, des airs connus pour ap-
partenir à quelques chansons mondaines :
« Voudriez-vous, dit-il, que le diable fût
» en possession de tous les beaux airs ? »

104. Une jeune et jolie fille, borgne de
l'œil droit, avoit un frère borgne de l'œil
gauche. Voici un distique par *Amalteo*
sur ce sujet, digne des beaux tems de la
Latinité :

> Blande puer ! lumen quod habes concede sorori;
> Sic tu cœcus Amor, sic erit illa Venus.

105. M. de la Musanchère, évêque de
Nantes, est mort à quatre-vingt ans ; son
père en avoit quatre-vingt-un quand il vint
au monde, et son grand-père avoit quatre-
vingt-quatre ans quand son père naquit ;
ensorte qu'il y avoit deux cent quarante-
cinq ans entre la naissance de son grand-
père et de sa mort.

106. M. de Gouvernet dînant un jour, en
1793, à Londres avec la chevalière d'Eon,
dans le tems qu'elle parloit d'aller en France
se mettre à la tête d'une légion, lui demanda
si ce seroit une légion de poissardes.

107. Dans le tems que le roi de Suède étoit à Paris, en 1771, une Dame disoit de lui à un Suédois : « *Votre Roi est une tête* » — « *Couronnée*, Madame, reprit-il, en l'interrompant.

108. De tous ceux qui ont traité du *beau*, le père André, Jésuite, est le seul qui en ait donné des idées claires, et qui ait posé des principes sûrs pour le discerner. Platon, parmi les anciens, discute ce sujet dans son dialogue d'Hippias ; mais après avoir pendant long-tems dit ce que le *beau* n'est pas, il vous laisse dans l'ignorance sur ce qu'il est. Plutarque et S. Augustin ont posé le principe qui constitue le beau. Le premier, dans son discours περι τῦ ακουειν, dit : τὸ μεν καλὸν ἐκ πολλῶν οἶον ἀριθμῶν εἰς ἕνα καιρὸν ἥκόντων, ὑπό συμμετρίας τινός κỳ ἀρμονίας ἐπιτελειται : (vid. Nº. 77). C'est la variété réduite à l'unité par l'harmonie et la symétrie, et c'est cette idée que le père André a si bien développée dans son ouvrage. S. Augustin avoit aussi avancé que *Omnis porrò pulchritudinis forma unitas est. Epist.* 18, *edit. P. P. Benedict.* L'expression de celui-ci n'est pas aussi complète que celle de Plu-

tarque , mais elle tend au même principe.
Voyons en peu de mots comment le père
André a développé l'idée de Plutarque :

Il établit plusieurs sortes de *beaux : le*
beau moral, le beau sensible ou visible,
le beau musical, le beau dans les ouvrages
d'esprit.

Dans le beau moral, il y a trois sortes
de beaux. — Le beau moral *essentiel,* ou
la conformité du cœur avec l'ordre essentiel, qui est la loi de toutes les intelligen-
ces. — Le beau moral *naturel,* conformité
du cœur avec l'ordre naturel, qui est la loi
générale de toute nature humaine. — Le
beau moral *civil ,* qui est la loi commune
de tous les hommes réunis dans un même
corps de cité ou d'Etat. Ceci s'applique à
toute espèce de Gouvernement ; ce sont
toutes les volontés se réunissant dans une
seule. Dans la conduite d'un individu,
comme dans la conduite d'un Etat, il faut
que toutes les actions tendent à une même
fin ; c'est donc toujours la variété réduite à
l'unité qui constitue le beau.

De même, dans le beau *visible ,* c'est
l'accord qui résulte des proportions que la

III. G

nature ou l'art mettent dans leurs productions ; un ensemble de parties, si bien ar-
rangées , à l'aide de la symétrie , que l'on
puisse en saisir le tout d'un coup-d'œil.

Ainsi , pour le beau *musical* , toutes les
parties d'un concert, les voix, les différens
instrumens , doivent être tellement d'accord, qu'elles forment une belle harmonie,
un son que l'oreille puisse saisir comme un
seul son.

En suivant ce principe ingénieux , on
trouvera qu'il peut s'appliquer également
à un tableau , à un poëme , à un parterre,
à un bâtiment , etc. Le livre du père André , *Essai sur le beau* , *in*-12. n'est pas
aussi connu qu'il mérite de l'être ; cependant, j'ose dire que c'est l'ouvrage le plus
propre à former le goût. *Voyez* N°. 77.

109. Le goût est *le discernement du beau.*
Un vrai connoisseur des arts , qui voit l'ouvrage d'un grand maître, en saisit, au premier coup-d'œil , le mérite et les beautés :
il peut y trouver ensuite des défauts, mais
il vient toujours à ce qui lui a plu ; il aime

mieux admirer que trouver à redire. Commencer à trouver des défauts où il y a de grandes beautés à saisir, est une preuve assurée de manque de goût. J'ai fait cette remarque pendant le cours de plusieurs années en Italie. Tous les jeunes gens cherchoient les défauts dans les plus beaux ouvrages du Corrège, du Guide, de Raphaël, dans la Vénus de Médicis, l'Apollon du Belvédère, le bâtiment de S. Pierre ; ceux qui profitoient des leçons qu'on leur donnoit, n'y voyoient plus que les beautés. Le ridicule saute aux yeux des enfans; ils n'ont pas encore l'esprit assez formé pour apercevoir les bonnes qualités.

110. Les grâces sont des agrémens qui accompagnent notre maintien, nos discours et nos actions. Elles consistent dans le rapport des attitudes, des gestes, des expressions, des pensées, avec la fin qu'on se propose : *c'est le mouvement propre à la chose.*

111. C'est grand dommage que le parallèle de Plutarque entre Alexandre et César ne nous soit pas parvenu. Je crois qu'il n'eût

pas hésité à donner la prééminence au premier. Une seule considération doit décider
la question. Alexandre est mort à trente-
trois ans, et déjà il avoit fait les grandes
choses qui nous étonnent encore. César,
long-tems après cet âge, n'avoit encore rien
fait de remarquable. Il naquit 100 ans avant
Jésus-Christ, et fut tué l'an 44 avant notre
ère. Il avoit environ trente-sept ans dans le
tems de la conjuration de Catilina ; il est
encore douteux qu'il ait trempé dans cette
conjuration, puisqu'on lui donna à garder
un des conjurés. La seule action par laquelle il se fût distingué alors, étoit qu'à
l'âge de vingt-cinq ans il avoit armé quelques vaisseaux contre les pirates, qui infes-
toient les environs de l'île de Rhodes, et
les côtes voisines de l'Asie. Il fut dix ans à
conquérir les Gaules avec les armées Ro-
maines, alors victorieuses partout ; et l'on
sait par lui-même le peu de résistance que
fit Pompée à la bataille de Pharsale. D'un
autre côté, considérons Alexandre, qui, à
l'âge de dix-sept ans, décide par sa valeur
du gain de la bataille de Chéronée, et y
sauve la vie à son père ; voyons-le, à vingt
ans, se faire déclarer Chef de la Grèce

dans l'expédition contre les Perses ; et, avant de passer en Asie, ne voulant pas laisser d'ennemis derrière lui, voyons-le marcher contre les Illyriens et les Tréballiens (la Hongrie et la Bulgarie), nations guerrières que son père n'avoit jamais pu soumettre, les réduire aux termes qu'il voulut leur prescrire ; et trouvant à son retour les Thébains déclarés contre lui, il les bat, détruit cette République, alors la première de la Grèce; et plein de confiance, passe à vingt ans en Asie avec trente-cinq mille hommes. Si l'on considère ensuite sa conduite politique, on ne peut que l'admirer, autant que sa valeur. Après avoir gagné la bataille d'*Issus*, au lieu de poursuivre Darius, il réfléchit qu'il convient de ne pas le laisser maître de la mer ; il marche donc vers Tyr, la prend, s'assure des forces maritimes du roi de Perse, passe en Egypte, y fonde une ville encore célèbre par son nom, subjugue l'Egypte, revient sur ses pas, soumet toute l'Asie connue à son obéissance; il adopte en partie les usages des Perses, épouse une fille de Darius, et fait épouser à ses Généraux les filles des principaux Seigneurs Persans, dont il fait élever les fils à la macédonienne. Rien n'est plus beau, sur ce sujet, que les deux traités de Plutarque, intitulés *De la Fortune d'Alexandre.*

112. Le cœur, en langage métaphysique, est l'âme, considérée comme le siége des sensations ; de même que l'esprit est l'âme, considérée comme le siége des idées : les sensations, quoiqu'occasionnées par les mêmes objets, peuvent être différentes chez les différens individus, suivant leur constitution particulière. Le résultat de toutes les sensations formant donc un tout dans chaque individu, qui s'appelle le cœur, comme le résultat des idées forme un tout qu'on nomme l'esprit, il est naturel que le cœur, aussi bien que l'esprit, soit différent dans différens sujets, et que chacun ait son cœur, comme on dit que chacun a son esprit. Ainsi, quoique deux personnes aiment le même objet, elles n'en seront point affectées de la même manière ; par la nature de leurs constitutions différentes, cet objet n'aura pas fait sur elles une même impression. De là cette diversité dans la manière de penser et de sentir, presque aussi remarquable que dans les visages. Cette diversité paroîtroit encore plus grande, si

chacun vouloit ouvrir son cœur, et communiquer sa pensée avec franchise.

113. Un Financier à Paris, sachant qu'une Dame qu'il aimoit, avoit tous les ans grande envie de manger les premiers petits pois de la saison, lui en apportoit un jour un plat qu'il avoit payé cent écus. « Hélas ! dit-elle, Monsieur, je ne puis » profiter de votre attention, mon Médecin » m'a mis au lait. » « Hé bien, Madame, » il y a du remède à tout, » répondit-il, et il fit manger les petits pois à la vache dont elle prenoit le lait.

114. M. de Calonne, dormant un jour dans son lit, le *ciel* du lit tomba sur lui et pensa l'étouffer. Les uns s'écrioient malignement à ce sujet : *Juste Ciel !* d'autres disoient que c'étoit un *lit de justice*. Il m'a dit lui-même qu'il se trouvoit tellement accablé sous le poids de ce ciel de lit, qu'il fut plusieurs heures sans pouvoir se remuer pour tirer sa sonnette, et fut obligé d'attendre l'heure où son valet-de-chambre entra.

115. C'est un bel argument en faveur de la religion que la conclusion de l'*Essai de*

Philosophie Morale de Maupertuis, au tome premier de ses œuvres : « Tout ce qu'il
» faut faire, dans cette vie, pour y trouver
» le plus grand bonheur dont notre nature
» soit capable, est sans doute cela même
» qui doit nous conduire au bonheur
» éternel. »

116. M. Pitt, au commencement de 1784, retint sa place de premier Ministre contre tous les efforts de l'Opposition ; et quoique leur nombre se fût accru jusqu'à avoir une majorité de cent voix contre lui, il fut six semaines sans vouloir leur donner la satisfaction de le voir quitter. Enfin la majorité contre lui allant toujours croissant, il dit un jour au Roi : « Sire, je suis mortifié de
» voir que ma persévérance n'aboutit à
» rien, et qu'il faudra enfin que je résigne.»
« En ce cas, dit le Roi, il faudra donc que
» je résigne aussi. » Ce fut alors que le chancelier Thurlow conseilla au Roi de dissoudre le Parlement, et par-là de prendre l'avis de la Nation. En effet, le nouveau Parlement fit bien connoître que la nation approuvoit les mesures du Roi et de son Ministre, car M. Pitt eut alors une très-

grande majorité, qu'il a toujours conservée
depuis.

117. Quand l'infortuné Louis XVI périt
d'une manière si cruelle, je fus frappé de
la ressemblance qu'il y avoit entre son sort
et celui de Charles I, roi d'Angleterre; et
je le fus encore plus, lorsque, lisant l'histoire de la fin tragique de ce dernier Prince
dans Clarendon, je trouvai tant de rapports
entre leurs caractères, leurs vertus et leurs
foiblesses. Je fis l'extrait du portrait que
Clarendon a fait du roi Charles; je le fis
voir à plusieurs des Seigneurs et des Dames
qui avoient approché le plus Louis XVI.
Tous convinrent que ce portrait paroissoit
avoir été fait pour ce digne et malheureux
roi. Voici ce portrait traduit exactement de
Clarendon; je n'en ai omis que quelques
faits, qui ne changent en rien la nature du
portrait.

Il est nécessaire d'ajouter ici en peu de
mots le caractère de Charles I, afin que la
postérité connoisse quelle perte inestimable
la nation a faite par la privation d'un Prince,
dont l'exemple auroit eu autant de pouvoir

sur les mœurs et la piété de la nation que
les lois les plus sévères. Pour parler d'abord
de ses qualités, considérées comme person-
nelles, avant que de faire mention de ses
qualités royales, il méritoit, si jamais personne l'a mérité, le titre d'honnête homme.
Il étoit si amateur de la justice, qu'il n'y
avoit point de tentation capable de le faire
pencher du côté de l'injustice, à moins
qu'on ne lui déguisât tellement les choses,
qu'il crût juste ce qui ne l'étoit pas. Comme
il étoit naturellement plein de compassion,
il ne faisoit jamais rien qui marquât en lui
aucune dureté de cœur...... Il étoit fort
ponctuel et régulier dans ses dévotions ; il
ne prenoit jamais aucune récréation, ni
divertissement, qu'il n'eût assisté aux prières publiques, ensorte que, dans les jours
de chasse, ses aumôniers étoient obligés de
faire le service de meilleure heure : il étoit
aussi très-exact à ses dévotions particulières dans son cabinet. Il exigeoit avec tant
de sévérité qu'on parlât respectueusement
de tout ce qui regardoit la religion, qu'il ne
pouvoit souffrir aucune parole libre, ni
profane, de quelque tour d'esprit qu'elle
fût enveloppée. Quoiqu'il prît plaisir à lire

des vers que l'on faisoit sur de certains
événemens, personne n'osoit lui en montrer de sales ou d'obscènes. Il étoit un si bel
exemple de la foi conjugale, que ceux qui
ne l'imitoient pas sur cet article, n'osoient
se vanter de leur libertinage.

Ses vertus royales avoient des défauts,
qui les empêchoient de paroître dans tout
leur lustre, et de produire les fruits que
l'on devoit en espérer. Il n'étoit pas naturellement fort libéral, quoiqu'il donnât
beaucoup. Il vouloit que chacun gardât son
rang, et remplît ses devoirs; personne
n'osoit se faire voir dans une place qu'il
n'avoit pas droit d'occuper. Il n'aimoit pas
les étrangers, ni les gens présomptueux;
il écoutoit patiemment les affaires, et tâ-
choit de s'y accoutumer de plus en plus,
se trouvant souvent dans le Conseil.

Il étoit naturellement intrépide, mais il
n'étoit pas entreprenant. Il avoit un très-
bon jugement, mais il ne s'y fioit pas assez,
ce qui lui faisoit quelquefois changer d'avis
pour en suivre un pire, et adopter les conseils de ceux qui ne jugeoient pas si bien

que lui. Cette défiance de lui-même le rendoit plus irrésolu que la conjoncture de ses
affaires ne le permettoit. S'il avoit été plus
fier et plus décidé, il se seroit attiré plus
de respect et de soumission.

Son peu de soin à appliquer des remèdes
aux maux qui survenoient, provenoit de
la douceur de son naturel, et de la délica-
tesse de sa conscience, qui, dans les cas
où il s'agissoit de répandre du sang, lui
faisoit toujours choisir la voie la plus douce,
sans écouter les conseils de rigueur, quelque raisonnables qu'ils fussent.

Enfin, c'étoit le plus digne gentilhomme,
le meilleur maître, le meilleur ami, le meilleur père, et le meilleur chrétien que son
siècle eût produit; et s'il n'étoit pas le plus
grand Roi, s'il manquoit de quelques-unes
des qualités qui ont fait les Rois heureux
et puissans, il n'y a jamais eu d'autre Roi
malheureux qui possédât la moitié de ses
vertus, et autant exempt de toutes sortes
de vices.

118. Le 17 août 1791, je vis à Londres
M**** : il étoit envoyé secrètement à la

cour par le roi et la reine de France.
Il apportoit des lettres pour M. Pitt de la
part du comte de Mercy et du comte de
Fersen , et des lettres du roi de Suède au
roi de la Grande-Bretagne et à M. Pitt. Il
m'informa de plusieurs particularités relatives à l'évasion du roi de France , et à l'é-
tat des affaires de ce royaume , dont une
partie me fut confirmée ensuite par M. le
marquis de Bouillé.

Ce fut le comte de Fersen qui conçut le
projet de faire évader le Roi et toute la
Famille Royale , et qui le mit à exécution.
Le baron de Breteuil et le marquis de
Bouillé furent au commencement les seuls ,
hors de Paris , qui furent mis dans le
secret.

Le baron de Breteuil jouissoit seul , de
tous les anciens Ministres , de la confiance
du Roi et de la Reine , et agissoit en leur
nom auprès des Puissances étrangères , pendant qu'il étoit à Soleure. Il fut même
chargé plusieurs fois de communiquer au
comte d'Artois les intentions du Roi son
frère , et cette voie ne plaisoit point du tout

à M. le comte d'Artois, et encore moins à M. de Calonne. Ce fut aussi lui, qui ayant vu M. de Calonne en Suisse, et pénétré son dessein d'aller à Vienne, dépêcha sur-le-champ un courrier au prince de Kaunitz, pour l'empêcher d'y être reçu ; et en effet il fut obligé à la dernière poste de retourner sur ses pas.

Si le Roi eût réussi dans le dessein d'aller à Montmédy, on étoit résolu de ne pas permettre à M. de Calonne d'approcher de sa personne ; le Roi et la Reine ne vouloient l'employer en aucune façon. Deux mois avant sa disgrâce, il avoit tenté de gagner le Confesseur du Roi, pour l'engager à lui révéler ses secrets ; le Confesseur le dit au Roi, sous la condition expresse de n'en parler à personne autre qu'à la Reine.

Dès le mois d'octobre 1789, le roi de France avoit recommandé au roi d'Espagne de n'avoir aucun égard à quelque acte public que ce fût, qui paroîtroit en son nom, à moins qu'il ne lui fût confirmé par une lettre de sa main.

Si le Roi eût pu parvenir jusqu'aux fron-

tières, le marquis de Bouillé devoit être
sur-le-champ déclaré maréchal de France,
et prendre le commandement de l'armée
qu'il auroit pu rassembler. Il m'a dit lui-
même que de tout ce qu'il avoit à ses ordres
en Lorraine, il ne pouvoit se fier qu'aux
corps étrangers ; mais que l'Empereur devoit faire marcher aussitôt 40,000 hommes,
dont 14,000 devoient être aux environs de
Montmédy dans le moment de l'évasion du
Roi, mais qui ne s'y trouvèrent pas. Le roi
d'Espagne devoit fournir 15,000 hommes
d'infanterie, et 4,000 de cavalerie, et donner cinq millions en argent. Le roi de Sardaigne devoit fournir 15,000 hommes ; les
Suisses 20,000 ; et le roi de Suède s'engageoit à débarquer 16,000 hommes à Ostende.

Dans sa lettre au roi d'Angleterre, le
roi de Suède demandoit si, dans le cas où
la cour de Londres observât une neutralité
parfaite, il ne fourniroit pas bien, comme
électeur d'Hanovre, 12,000 hommes payés
par les Princes françois.

Le but de la mission de M. **** à Londres, étoit d'informer l'Administration que

M de Calonne n'étoit point autorisé à parler au nom du roi de France, et de persuader cette Cour de prendre parti en faveur
de Sa Majesté Très-Chrétienne, ou, si l'on
étoit résolu de rester neutre, d'engager le
roi de Prusse et la Hollande à agir de concert avec l'Empereur et les Princes d'Allemagne.

Une preuve que le baron de Breteuil, et
non M. de Calonne, a été le ressort secret
qui a fait mouvoir l'Empereur et les autres
Princes en faveur du roi de France, est que,
lorsqu'ils se sont mis en mouvement, ils
n'ont point communiqué aux Princes françois leurs projets, ni les moyens qu'ils se
proposoient d'employer pour les faire
réussir.

Les secours, de la part des Puissances
étrangères, étoient alors conditionnelle-
ment convenus dans le cas de l'évasion du
Roi. Depuis ce tems, la cour de Vienne avoit
bien l'intention de prendre des mesures vigoureuses, pourvu que la cour de Londres
lui assurât le concours du roi de Prusse en
cette mesure ; l'Empereur ne voulant en

aucune façon faire marcher ses troupes, à moins que le roi de Prusse n'en fît autant.

M. de Fersen fut à Vienne (en août 1791), de la part du roi et de la reine de France, pour concerter avec l'Empereur sur les secours qu'il donneroit, en cas que le roi de Prusse pût être porté à s'unir avec lui; et le Ministre de l'Empereur à Londres devoit assurer cette Cour, qu'au cas de la sincère intention du roi de Prusse de prendre ce parti, Sa Majesté Impériale s'engageoit à prendre les mesures les plus promptes et les plus vigoureuses pour le rétablissement de la Monarchie françoise.

Le comte de Mercy vint à Londres, le 18 août, pour confirmer au Gouvernement d'Angleterre tout ce que M. **** avoit, avancé, et il en conféra souvent avec M. Pitt et les autres Ministres.

J'appris aussi de M**** et du marquis de Bouillé des détails certains de l'arrestation de Louis XVI à Varennes. Le duc de Choiseul en avoit été la cause en partie, quoique très-innocemment et par trop de zèle. Il avoit été mis dans le secret de l'évasion,

et fut dépêché, le 19 juin, à M. de Bouillé,
pour l'informer de toutes les circonstances
du départ du Roi et de la Reine. M. de
Bouillé l'avoit chargé du commandement
d'une escorte pour aller au devant de Leurs
Majestés. Arrivé à la poste de Sainte-Mené-
hould et Châlons, il parut fort inquiet et
agité de ne pas les voir venir au tems qu'ils
devoient y être. Après avoir attendu quelques heures, il monta à cheval, et fut plusieurs lieues à la rencontre du trésor, qu'il
disoit être venu pour escorter, et qui étoit
destiné à payer les troupes en Lorraine.
Il se donna tant de mouvement, et parut
tellement alarmé du retard de ce prétendu
trésor, que les habitans du village en con-
çurent des soupçons qui les portèrent à
examiner les voitures du Roi lorsqu'elles
arrivèrent ; voyant qu'elles prenoient la
route de Varennes au lieu de celle qui conduit à Metz, le maître des postes de Sainte-
Menéhould prit un court chemin de détour,
arriva à Varennes avant les voitures du Roi,
donna l'alarme, et fut la cause de l'arrestation. Il est faux que le Roi ait été retenu
pour avoir voulu s'arrêter à l'auberge pour
manger.

119. Un Irlandois assez sot devint tout d'un coup très-riche par un héritage : sa vieille nourrice vint le voir, pour le féliciter et solliciter des secours dont elle avoit besoin. « Non, dit-il, je ne vous donnerai » rien, vous êtes une coquine ; quand j'étois » enfant, vous m'avez changé en nourrice ; » je me portois bien alors, et depuis ce » tems-là j'ai toujours été malingre. »

120. Un peu avant que la comtesse du Barry fût guillotinée (le 8 décembre 1793), un prêtre Irlandois trouva le moyen d'aller la voir dans la prison de la Conciergerie, et lui offrit de la sauver, si elle pouvoit lui fournir une certaine somme d'argent, pour gagner les geoliers et faire le voyage. Elle lui demanda s'il ne pouvoit pas sauver deux personnes ; il lui répondit que son plan ne lui permettoit pas d'en sauver plus d'une. « En ce cas », dit Madame du Barry, « je » vous donnerai bien un ordre sur mon » banquier pour toucher la somme néces- » saire ; mais j'aime mieux que ce soit la » duchesse de Mortemart qui échappe à la » mort, que moi. Elle est cachée dans un » grenier de telle maison à Calais : voici

» un mandat sur mon banquier; volez à
» son secours ». Le prêtre, après l'avoir
pressée de lui permettre de la tirer elle-
même de la prison, la voyant résolue à
préférer la Duchesse, prit le mandat, tou-
cha l'argent, fut à Calais, tira la duchesse
de Mortemart de sa retraite, la déguisa en
femme du commun, et la prenant sous le
bras, la fit voyager à pied avec lui, disant
qu'il étoit un bon prêtre constitutionnel,
et marié avec cette femme : on crioit, *bravo!*
et on le laissoit passer. Il traversa ainsi les
armées françoises, et vint à Ostende, d'où
il passa en Angleterre avec Mme. de Mortemart, que j'ai vue depuis à Londres.

121. La plus belle pièce de vaisselle d'argent que j'aie vue, est une citerne d'argent
à Burleigh, chez lord Exeter ; elle pèse
3000 onces, a quatre pieds de long sur trois
de large, et deux pieds et demi de hauteur ;
elle est soutenue par des pieds d'argent, et
ornée de deux lions d'argent pour anses.

122. M. de Lizakewitz, Secrétaire d'am-
bassade de Russie à Londres, m'a raconté
qu'étant avec la flotte russe dans l'Archi-

pel, lorsqu'en 1773 elle brûla la flotte tur-
que devant Smyrne, il y avoit deux canonniers sur le vaisseau de l'Amiral Russe;
lorsque ce vaisseau prit feu dans un combat,
et sauta. Ces deux canonniers ayant été
jetés en l'air, tombèrent dans la mer près
d'un vaisseau turc; ils furent sauvés, faits
prisonniers, et mis aux fers sur le tillac.
Trois jours après, le vaisseau turc sur lequel ils étoient, ayant été brûlé dans le port
par les Russes, sauta aussi, et les deux mi-
sérables canonniers furent jetés en l'air du
côté de la flotte russe, et repris en mer;
mais ayant eu chacun les deux jambes em-
portées, par lesquelles ils étoient retenus
aux fers, on leur fit l'amputation au-dessous
des genoux, et ils ont vécu plusieurs années.
M. de Lizakewitz les a vus tous les deux dans
ce tems-là, et long-tems après.

123. Le chevalier B—m, âgé de soixante-
dix ans, ayant marié son fils aîné à la fille
du chevalier Charles W—, la jeune épouse
invita sa sœur, âgée de dix-sept ans, à venir
passer quelque tems avec elle chez son beau-
père à la campagne. Le vieux Chevalier devint éperdument amoureux de Mlle. W—,

et offrit de l'épouser ; la jeune Demoiselle
refusa sa main ; il insista, elle demeura
ferme, et se voyant tourmentée, elle prit
le parti de quitter la maison de cet amant
septuagénaire. La veille du jour fixé pour
son départ, le vieux B—m, étant à souper,
déclara qu'il ne pouvoit souffrir d'être frus-
tré dans ses espérances, et quand les Dames
furent retirées, dit que, cette même nuit,
il étoit résolu d'avoir mademoiselle W—,
de quelque façon que ce fût, ou *de mourir
dans la peine.* Son fils, qui vit qu'il étoit
échauffé par le vin, se détacha de la compagnie pour avertir mademoiselle W— de
ne pas se coucher cette nuit, et recommanda à sa femme de veiller avec elle. En
effet, après minuit, le vieillard voulut entrer dans la chambre de la jeune Demoiselle, et la trouvant fermée, il enfonce la
porte; mais au premier pas qu'il fit dans la
chambre, il tomba mort d'un coup d'apoplexie, et accomplit ainsi sa prédiction.

124. Il est bien vrai que l'on a pensé une
fois à rendre Gibraltar aux Espagnols. M. Pitt
(depuis lord Chatham), dans sa dépêche à
M. Keene, Ambassadeur à Madrid, du 23

août 1757, lui donne ordre d'ouvrir une
négociation avec la Cour d'Espagne, pour
l'engager à se joindre à l'Angleterre, et lui
procurer le recouvrement de l'île de Minorque, auxquelles conditions on mettroit
le roi d'Espagne en possession de Gibraltar.
M. Pitt informa en même tems l'Ambassadeur que cette mesure avoit été débattue et
approuvée par le Roi et le Conseil du Cabinet. L'Ambassadeur, dans sa réponse du 26
septembre 1757, écrit qu'il avoit trouvé dans
M. le Général Wall, alors premier Ministre
en Espagne, beaucoup de répugnance à
faire cette proposition au Roi son maître,
et qu'il avoit été jusqu'à dire qu'il n'oseroit
pas même en faire mention dans le Conseil,
de crainte de se trouver le seul de son avis,
et de risquer par-là d'affoiblir son crédit.
Le chevalier Keene étoit dès-lors fort malade, et mourut le jour de Noël suivant,
en sorte que cette affaire ne fut plus mise
sur le tapis.

125. Le feu duc de Northumberland m'a
dit, que lorsqu'il entra en possession des
biens du duc de Sommerset, son beau-père,
dans la province de Northumberland, le

revenu ne se montoit pas à cinq mille livres
sterling, parce qu'on avoit coutume de
donner de longs baux; en recevant sur
chaque bail une somme d'argent considérable; au lieu qu'en 1774, le duc de Northumberland en recevoit cinquante mille
guinées, tous frais faits, et taxes payées;
c'est-à-dire, quarante mille guinées en
terres, et huit mille en mines de charbon.
Outre cela, son revenu en Yorkshire étoit
de cinq mille livres sterling. Les maisons
aux environs de l'hôtel de Northumberland, et ses terres dans la province de
Middlesex, rapportoient cinq mille livres
sterling net; le tout reçu chez un banquier
à Londres. Les terres qu'il avoit en Northumberland, bonnes ou mauvaises, for-
moient un tiers de cette province; et en y
ajoutant celles qu'il avoit dans les provinces
d'Yorck, de Cornewall, de Devonshire et
de Middlesex; le tout se montoit à la cen-
tième partie de l'Angleterre; ce qui est
plus que la province de Rutland.

La dépense du duc de Northumberland,
en comptant ce qu'il donnoit à ses deux
fils, se monta en 1775, à cinquante-cinq

mille livres sterling, y compris sept mille
pour l'élection de cette année. Pendant 20
ans, il dépensa annuellement sept mille
livres sterling pour bâtir le château d'Alnwick. Sa table, qui étoit cependant bien
tenue, faisoit sa moindre dépense ; le bou-
cher, volailler, boulanger, poissonnier,
coûtoient douze cents livres sterling par
an, pendant que les bougies se montoient
à quatre cents, et le vin davantage. Tout
compris pour sa table, celles des domestiques, leur argent à dépenser et le vin, le
tout se montoit à cinq mille livres sterling ;
les écuries, gages des domestiques, livrées,
à la même somme. Sa maison de plaisance
Sion, lui coûtoit deux mille livres de taxes
et d'entretien ; l'hôtel de Northumberland,
mille ; Alnwick, trois mille ; son intérêt
parlementaire, cinq mille par an.—Il avoit
dépensé plus de deux cents mille livres sterling en bâtimens.

126. Le comte Lally-Tolendal étoit fils
du général Lally, qui fut décapité en mai
1766 ; sa mère étoit la comtesse de Molde,
Dame Flamande ; c'étoit un mariage secret,
et la Comtesse, qui continuoit à porter le

nom de son premier mari , avoit élevé son
fils dans l'ignorance du nom de son véritable père. Pendant tout le tems que dura le
procès du général Lally , elle entretenoit
sans cesse cet enfant de l'innocence du Général , et lui disoit tout ce qui pouvoit servir à l'intéresser en sa faveur. Enfin , le
voyant condamné à mourir , elle s'avisa
d'un étrange moyen pour exciter l'esprit de
ce jeune homme à le venger un jour. Elle
confia son secret à un ami , qu'elle chargea
de conduire son fils à voir le supplice du
Général ; et après l'avoir entretenu de son
innocence , tout le tems qui précéda ce spectacle , au moment où sa tête fut séparée de
son corps , il lui dit : « Vous avez toujours
» désiré de savoir qui étoit votre père ; c'est
» lui que vous venez de voir souffrir à tort :
» songez un jour à venger sa mémoire. »

127. Quand même les événemens de notre
vie seroient préordonnés , on ne devroit pas
dire pour cela que nos prières fussent vaines et inutiles ; car , avant la création du
monde , lorsque ce système et toutes les
séries de ses événemens ont été préférées par
Dieu à d'autres qui auroient pu exister , il

n'est pas douteux que d'autres ont été pré-
vues dans l'enchaînement des choses, et
qu'elles ont concouru, aussi bien que les
les événemens, à déterminer Dieu pour le
choix de ce système du monde actuellement
existant ; en sorte que ces mêmes prières
qui décident Dieu à agir, ou à permettre,
l'ont déterminé, au tems de la création, à
décréter ce qu'il feroit ou permettroit. Voy.
N°. 33.

128. On trouve extraordinaire qu'un enfant qui vient au monde à huit mois, meure
le plus souvent bientôt après, et que ceux
de sept mois vivent. Plusieurs même vou-
droient en douter ; mais la plus grande partie des accoucheurs assurent le fait, et Hip-
pocrate en donne ainsi la raison, au *tom. 1*,
2e classis, page 37, edit. Junta. Il dit qu'à
sept mois, la conformation de l'enfant étant
parfaite, il fait un premier effort pour venir au monde ; s'il réussit, à la bonne heure,
il est moins fort, mais il vit ; sinon, il est
tellement affoibli par cet effort inutile, que
s'il en fait un autre au huitième mois, et
naisse alors, n'ayant pas eu le tems de recouvrer ses forces, il succombe bientôt ;

au lieu qu'au neuvième ou dixième mois,
il a eu le tems de recouvrer assez de force
pour soutenir avec succès la peine de venir
au monde.

129. Il y a toute apparence que les Juifs
furent employés par les rois d'Egypte à bâtir
les Pyramides, et à d'autres travaux publics, comme de creuser des canaux, d'é-
lever des digues, de bâtir des villes. Josephe,
lib. xi, chap. 5, dit : Πυραμίδας δὲ ἀνοικοδο-
μοῦντες ἐξέτρυχον ἡμῶν τὸ γένος. Manéthon, dans
son *Histoire d'Égypte*, dit qu'on les faisoit travailler dans les carrières. Tous les
anciens historiens s'accordent à dire que
les rois d'Egypte employoient les esclaves à
bâtir des villes, et à éléver les monumens
publics. Entre autres choses dont Sésostris
sé glorifioit, étoit qu'il n'avoit point employé les naturels du pays à ces travaux, et
il en fait le sujet des inscriptions qu'il pla-
çoit aux frontispices de ces monumens :
ἐδεὶς ἐγχώριος εἰς αὐτά μεμόχθηκε. Pline, lib. 36,
ch. 12, dit que les rois d'Egypte faisoient
travailler le peuple aux pyramides, afin
qu'il ne fût pas oisif ; et Aristote, lib. v,
ch. xi, dit les pauvres, mais à plus forte

raison les esclaves , du nombre desquels
étoient les Juifs. Il n'y a pas de doute non
plus qu'ils aient bâti les villes de Pithon et
Rhamsès , que le Targum de Jérusalem dit
être *Tanis* et *Pelusium.*

130. On ne doit pas regarder tout ce que
Platon a dit de l'île Atlantide , dans son
Timée , dans Critias et autres dialogues ,
comme un rêve philosophique. Il suffisoit
que quelques vaisseaux phéniciens et carthaginois , après avoir été portés malgré
eux sur les côtes de l'Amérique , eussent eu
le bonheur d'en revenir , pour jeter les
fondemens de l'opinion qu'il existoit une
grande île ou un continent aussi grand que
l'ancien monde ; ou bien , on peut admettre
une autre idée de Platon dans le Timée ,
justifiée de nos jours par les découvertes
des Russes, qui est qu'au nord-est de l'Asie,
il y avoit des îles , d'où l'on découvroit
les côtes occidentales de l'Amérique , lesquelles ouvroient une communication entre
les deux Continens. Quant à la communication par l'océan occidental, les îles Açores
ont pu la faciliter ; et il paroît même qu'a-
vant que Christophe Colomb eût formé le

dessein de découvrir l'Amérique, il avoit
relâché à ces îles, et y avoit vu les manuscrits d'un vieux pilote de l'une d'elles, par
lesquels il paroissoit qu'il avoit été en Amérique ; et à la bibliothèque de St.-Marc, à
Venise, on voit une mappemonde du 14e.
siècle, où l'Amérique est indiquée, quoique d'une manière très-imparfaite. Il y a
beaucoup d'apparence même que plusieurs
voyageurs pouvoient avoir pénétré jusqu'à
l'isthme de Panama ; autrement comment
Platon auroit-il pu imaginer qu'il y avoit
dans cette grande île, ou continent, un
isthme qui en réunissoit les deux parties,
comme, dit-il, l'isthme de Suez joint l'A-
frique à l'Asie ? C'est cette même opinion
qui faisoit dire à Sénèque, dans sa *Médée*,
qu'il viendroit un tems où l'on decouvri-
roit un nouveau monde, et que l'île de
Thulé (l'Islande) ne seroit plus la dernière de l'ancien.

131. De ce que la terre est ronde, il résulte qu'un homme, au haut du mât d'un
vaisseau, qui feroit le tour du monde, auroit parcouru plus de chemin qu'un autre
qui seroit resté sur le tillac, parce qu'il au-

roit parcouru un plus grand cercle ; de même
aussi la tête d'un homme parcourt plus de
chemin que ses pieds. Il en résulte encore
qu'un vase plein d'eau dans la plaine, étant
transporté au haut d'une montagne, conti-
nueroit à couler par-dessus les bords, sans
être moins plein, parce qu'en s'élevant l'eau
seroit constamment pressée par une plus
grande superficie de l'atmosphère ; d'où il
s'ensuit que le même vase contiendroit plus
d'eau au pied d'une montagne qu'au sommet, et plus à la cave qu'au grenier. Il résulte aussi de la rondeur de la terre, que
deux fils tendus en l'air, avec chacun un
poids, à une grande hauteur, ne seront pas
parallèles l'un à l'autre, mais feront partie
de deux rayons, tendant chacun à se rencontrer au centre de la terre.

132. Dupuy, qui a publié le *Perroniana*,
est le premier qui ait avancé la proposition
offensante pour la nation allemande, que
l'esprit étoit rare chez elle, et qui l'a tellement indisposée contre les écrivains François. A la page 163 du *Perroniana*, édit. de
Daillé, Amsterdam, 1669, il dit : *Gretserus*
est grandement louable, *il a bien de l'esprit pour un Allemand.*

133. Les incrédules disent que nous sommes incapables de connoître s'il y a un Dieu.
Cependant, il est certain que Dieu est, ou
qu'il n'est pas; il n'y a point de milieu.
Mais de quel côté pencherons-nous? La
raison, dites-vous, n'y peut rien déterminer; il y a un chaos infini qui nous sépare;
il se joue un jeu à cette distance infinie,
où il arrivera croix ou pile. Que gagerez-
vous? par la raison, vous ne pouvez assurer ni l'un ni l'autre; par la raison, vous
ne pouvez nier aucun des deux. Il ne faut
donc pas blâmer ceux qui ont fait un choix;
et celui qui prend croix, et celui qui prend
pile, ont tous deux tort. Le juste parti à
prendre est de ne point parier.

Fort bien, mais *il faut parier :* le contraire ne dépend pas de vous; vous êtes
embarqué, et ne parier point que Dieu est,
c'est parier qu'il n'est pas. Lequel prendrez-
vous donc? Pesons le gain et la perte. En
prenant le parti de croire que Dieu est, si
vous gagnez, vous gagnez le tout; si vous
perdez, vous ne perdez rien. Pariez donc
qu'il est, sans hésiter. A la bonne heure,
il faut gager; mais je gage peut-être trop.

Voyons : puisqu'il y a pareil hasard de gain
et de perte, quand vous n'auriez que deux
vies à gagner pour une, vous pourriez encore gager ; et s'il y en avoit dix à gagner,
vous seriez imprudent de ne pas hasarder
votre vie pour en gagner dix à un jeu où
vous dites qu'il y a pareil hasard de perte et
de gain. Mais il y a ici une infinité de vies
infiniment heureuses à gagner, avec pareil
hasard de perte et de gain ; et ce que vous
jouez est si peu de chose, et de si peu de
durée, qu'il y a de la folie à le ménager en
cette occasion.

Il ne sert de rien de dire qu'il est incertain si l'on gagnera, et qu'il est certain que
l'on hasarde ; et que l'infinie distance qui
subsiste entre la certitude de ce qu'on expose, et l'incertitude de ce que l'on gagnera,
égale le bien fini qu'on expose certainement, à l'infini qui est incertain. Cela n'est
pas ainsi. Tout joueur hasarde avec certitude, pour gagner avec incertitude ; et néanmoins il hasarde certainement le fini pour
gagner incertainement le fini, sans pécher
contre la raison ; au lieu que, dans notre
proposition, il n'y a que le fini à hasarder

III.   I

à un jeu où il n'a pareils hasards de gain
que de perte, et l'infini à gagner.

Ceux qui croient un Dieu rémunérateur
et vengeur, direz-vous, sont heureux, s'ils
espèrent leur salut; mais ils ont pour con-
tre-poids la crainte de l'enfer. Mais qui a
le plus de sujet de craindre l'enfer, ou celui qui ne veut pas y croire, mais qui doit
craindre d'y aller s'il y en a, ou celui qui
est dans la persuasion qu'il existe, mais qui
espère n'y pas aller? Quiconque n'ayant
plus que huit jours à vivre ne jugeroit pas
que le parti le plus sûr est de croire, auroit entièrement perdu l'espoir. Or, si les
passions ne vous possédoient pas, huit jours
et cent ans sont une même chose.

Quel mal vous arrivera-t-il en prenant
ce parti? Vous serez fidèle, honnête, humble, reconnoissant, bienfaisant, sincère,
vrai. A la vérité vous ne vous plongerez pas
dans les délices, dans tous les plaisirs des
sens; mais n'en aurez-vous point d'autres?
Je vous dis que vous y gagnerez, même en
cette vie; à chaque pas que vous ferez dans
ce chemin, vous verrez tant de certitude de

gain, et tant de néant dans ce que vous ha-
sardez, que vous connoîtrez à la fin que
vous avez parié pour une chose certaine et
infinie, et que vous n'avez rien donné pour
l'obtenir.

Vous dites que l'on n'est pas le maître de
croire; que vous ne sauriez croire. Tra-
vaillez donc à vous convaincre, non pas par
l'augmentation des preuves de Dieu, mais
par la diminution de vos passions. Vous
voulez vous guérir de l'incrédulité, et vous
en demandez les remèdes; apprenez-les de
ceux qui ont été tels que vous, et qui n'ont
présentement aucun doute. Suivez la manière qu'ils ont suivie; imitez leurs actions
extérieures; si vous ne pouvez encore entrer dans leurs dispositions intérieures,
quittez ces vains amusemens qui vous oc-
cupent tout entier.

J'aurois bientôt quitté ces plaisirs, dites-
vous, si je croyois; et moi je vous dis que
vous croiriez bientôt, si vous aviez quitté
ces plaisirs. Or, c'est à vous à commencer.
Si je pouvois, je vous donnerois la foi : je
ne le puis, ni par conséquent éprouver la

I 2

vérité de ce que vous dites ; mais vous pouvez bien quitter ces plaisirs, et éprouver si
ce que je dis est vrai.

C'est ainsi que Pascal, ce grand penseur
et profond géomètre, raisonnoit contre les
incrédules. Je n'ai fait qu'abréger ce qu'il
a dit, et me suis permis quelques changemens pour rendre ses argumens plus intel-
ligibles.

134. La preuve de l'existence de Dieu *a
posteriori*, est à la portée de tout le monde,
parce qu'il y a une gradation infinie des
phénomènes de la nature, qui prouvent
l'existence d'une première cause à tous les
esprits dégagés de tous les préjugés. Il étoit
réservé au célèbre docteur Clarke d'en donner la preuve *a priori ;* et voici comment il
le fait.

Chaque chose qui existe a une raison qui
la détermine aujourd'hui à exister, plutôt
qu'à n'exister pas, ou qui l'a déterminée
à cela, soit une fois, soit toujours. La raison ou le fondement de l'existence de l'être,
qui n'a tiré son existence d'aucun autre

être, soit que nous puissions en former une idée, soit que nous ne le puissions pas, la raison, dis-je, de son existence est en lui-même. Car bien que les simples preuves de raisonnement, par lesquelles nous faisons voir qu'il faut nécessairement qu'un tel être existe ; bien, dis-je, que ces preuves ne nous donnent pas une idée distincte de l'existence par soi-même, et qu'elles ne fassent que nous donner une certitude que la chose est ; cependant, lorsque nous avons des raisons *a posteriori*, qui nous assurent qu'une chose est certaine, il s'ensuit, par une conséquence inévitable, qu'il y a dans la nature des raisons *a priori* de l'existence de cette chose que nous savons devoir exister nécessairement, soit que ces raisons nous soient connues, soit que nous les ignorions. Or, puisque la raison, ou le fondement de l'existence de l'être, qui ne tire son existence d'aucune autre chose hors de lui, doit nécessairement être en lui-même ; et puisqu'il y a de la contradiction à supposer que sa propre volonté soit la raison de son existence en tant que cause efficiente, il faut que l'absolue nécessité, c'est-à-dire, la même nécessité qui est la cause de la

proportion immuable entre ces deux nom-
bres 2 et 4, il faut, dis-je, que cette nécessité, en tant que cause formelle, soit le
fondement de cette existence. Cette nécessité, au reste, est antécédente à l'existence
de l'être lui-même, non pas, à la vérité,
eu égard au tems, mais en ordre de nature ; au lieu que sa propre volonté est au
contraire subséquente, en ordre de nature,
à la supposition de son existence, et n'en
sauroit par conséquent être la cause formelle.

Il n'est rien au monde de plus absurde
que de supposer l'existence d'une chose,
ou de quelque circonstance d'une chose,
et de supposer en même tems qu'il n'y a
absolument aucune raison pourquoi elle
existe plutôt qu'elle n'existe pas. On conçoit facilement qu'il peut fort bien être que
nous ignorions absolument les raisons, les
fondemens, ou les causes d'un grand nombre de choses ; mais qu'un être étant supposé exister, il faille qu'il y ait dans la nature des raisons pourquoi il existe plutôt
qu'il n'existe pas, sont deux choses qui ont
une liaison aussi nécessaire et aussi essen-

tielle, qu'il y en a entre deux corrélatifs ;
comme sont la hauteur et la profondeur, etc.
Voyez N°. 183.

135. Aucun philosophe n'a mieux défini
l'Être Suprême que le chevalier Newton ;
voici ce qu'il en dit : « Le magnifique système du soleil, des planètes et des comètes,
offre des mouvemens si réguliers qu'on ne
peut se persuader qu'ils soient les effets de
causes purement mécaniques ; mais on est
convaincu qu'ils ne peuvent procéder que
de la sagesse du pouvoir d'un Être intelligent et tout-puissant. Cet Être gouverne
toutes choses, non comme l'âme du monde,
mais comme Seigneur sur toutes ses créatures ; et, relativement à sa domination,
il est appelé le Seigneur Dieu, le maître
universel ; car Dieu est un terme relatif, et
se rapporte à ses créatures ; et la Divinité
est cette domination de Dieu sur ses sujets.
Dieu est un Être éternel, infini, absolument parfait ; mais cet Être tout parfait ne
se nommeroit pas le Seigneur Dieu, sans
sa domination. Nous disons, mon Dieu,
votre Dieu, le Dieu d'Israël, le Seigneur
des Seigneurs ; mais nous ne disons pas,

mon Eternel, votre Eternel, l'Eternel d'I-
sraël; nous ne disons pas mon infini; ces
titres n'ont aucune relation avec les créatures. Le mot Dieu signifie ordinairement
le Seigneur, mais tout Seigneur n'est pas
Dieu; c'est la domination d'un Être spiri-
tuel qui constitue un Dieu.

Il résulte de la domination de Dieu, que
c'est un Être vivant, intelligent et tout-
puissant; et de ses autres perfections, qu'il
est suprême et absolument parfait. Il est
éternel, infini, tout-puissant, et omnis-
cient; c'est-à-dire, sa durée embrasse toute
l'éternité, sa présence tout l'infini. Il gouverne tout, et connoît tout ce qui est ou
peut être; il n'est pas l'éternité ou l'infini,
mais éternel et infini; il n'est pas la durée
ou l'espace, mais il dure et est présent; il
dure de toute éternité, et est présent partout; et en existant toujours et partout, il
constitue la durée et l'espace.......... Dieu
est présent partout, non-seulement virtuel-
lement, mais aussi substantiellement; en
lui toutes choses sont contenues et se meu-
vent, mais sans être mutuellement affectées : Dieu n'est point affecté par le mou-

vement des corps ; les corps n'éprouvent
point de résistance par la toute-présence de
Dieu. Tout le monde convient que l'Être
Suprême existe nécessairement, et par cette
même nécessité il doit exister toujours et
partout. D'où il s'ensuit encore qu'il est
partout le même, tout œil, toute oreille,
tout bras, tout pouvoir de comprendre,
d'agir, mais d'une manière non pas humaine ni corporelle, d'une manière enfin
qui nous est absolument inconnue. Comme
un aveugle ne peut avoir aucune idée des
couleurs, de même nous ne pouvons avoir
aucune idée de la manière dont Dieu voit
et conçoit les choses ; il n'y a en aucune façon rien de matériel ou de corporel en lui :
c'est pourquoi il ne peut être ni vu, ni tou-
ché, ni entendu, et ne doit point être adoré
sous aucune forme corporelle. Nous avons
des idées de ses attributs ; mais nous igno-
rons non-seulement sa substance, mais celle
de toute autre chose. Dans les corps nous ne
voyons que les formes, les couleurs ; nous
n'entendons que les sons, nous ne touchons
que les surfaces extérieures, nous ne goû-
tons que les saveurs ; mais leur substance
réelle ne peut être connue ni par les sens,

ni par la réflexion, encore moins pouvons-
nous donc avoir aucune idée de la substance
de Dieu. Nous ne le connoissons que par les
excellens effets de sa sagesse et de son pouvoir, et par les causes finales. Nous l'admi-
rons à cause de ses perfections, et nous
l'adorons à cause de sa domination ; car
nous l'adorons comme ses créatures, et un
Dieu sans domination, sans providence et
sans causes finales, ne seroit que le destin
et la nature, etc. »

136. Quant à l'espace, voici ce que Newton en dit à la fin de ses questions d'optique :
« Il y a un Être incorporel, vivant, intel-
» ligent, présent partout, qui, *dans l'es-*
» *pace infini*, comme dans son *sensorium*,
» voit, discerne et comprend tout de la ma-
» nière la plus intime et la plus parfaite. »
Il ne veut pas dire par-là que l'espace est
l'organe dont Dieu se sert pour apercevoir
les choses; il ne dit pas non plus que Dieu
ait besoin d'aucun moyen pour les apercevoir ; au contraire, il dit que Dieu, étant
présent partout, aperçoit les choses, par
sa présence immédiate dans tout l'espace
où elles sont, sans l'intervention ou le secours d'aucun organe ou d'aucun moyens

Pour rendre cela plus intelligible, il l'éclair-
cit par une comparaison : il dit que l'âme
étant immédiatement présente aux images,
qui se forment dans le cerveau par le moyen
des organes des sens, voit ces images comme
si elles étoient les choses mêmes qu'elles re-
présentent ; de même Dieu voit tout par sa
présence immédiate , étant actuellement
présent aux choses mêmes , comme l'âme
est présente aux images qui se forment dans
le cerveau. Newton considère le cerveau et
les organes des sens comme le moyen par
lesquels ces images sont formées , et non
comme le moyen par lequel l'âme voit ou
aperçoit ces images , lorsqu'elles sont ainsi
formées ; et dans l'univers il ne considère
pas les choses comme si elles étoient des
images formées par un certain moyen , ou
par des organes ; mais comme des choses
réelles , que Dieu lui-même a formées , et
qu'il voit dans tous les lieux où elles sont,
sans l'intervention d'aucun moyen. C'est
tout ce qu'il a voulu dire par la comparaison dont il s'est servi, lorsqu'il suppose que
l'espace infini est *pour ainsi dire le sensorium (tanquam sensorio suo)* de l'Être qui
est présent partout.

Le docteur Clarke , s'étant chargé de
répondre aux objections que le célèbre
Leibnitz avoit faites contre cette définition
de l'espace, a beaucoup éclairci la pensée
de Newton. « Dieu , dit-il , n'existe point
dans l'espace, ni dans le tems , mais son
existence est la cause de l'espace et du tems ;
et quand nous disons que Dieu existe dans
tout l'espace et dans tous les tems , nous
voulons dire seulement qu'il est partout et
qu'il est éternel ; c'est-à-dire , que l'espace
infini et la durée sont des suites nécessaires
de son existence ; non que l'espace et la
durée soient des êtres distincts de Lui , dans
lesquels il existe. Il est certain que l'espace
n'est pas une pure idée , car il n'est pas
possible de former une idée de l'espace qui
aille au-delà du fini ; et cependant la raison
nous enseigne que c'est une contradiction ,
que l'espace lui-même ne soit pas actuellement infini. Il n'est pas moins certain que
l'espace n'est aucune sorte de substance,
puisque l'espace infini est l'immensité , et
non pas l'immense ; au lieu qu'une substance infinie est l'immense , et non pas l'immensité : comme la durée n'est pas une
substance , parce qu'une durée infinie est

l'éternité, et non pas un Être éternel ; mais
une substance infinie est un Être éternel ;
et non pas l'éternité. D'où il s'ensuit que
l'espace est une propriété de la même manière que la durée. L'immensité est une
propriété de l'Être immense, comme l'éter-
nité est une propriété de l'Être éternel. Voyez dans le Recueil de Des Maiseaux, la
4°. et la 5°. lettre de Clarke, et mon édition
de Leibnitz, au second volume.

137. S'il est un mystère qu'il seroit inutile
de chercher à comprendre, c'est certainement celui de la Trinité ; mais ce n'est pas
une raison pour n'y pas croire. Nous croyons
tant de choses que nous ne comprenons pas,
parce qu'elles sont au-dessus de notre capacité, que lorsqu'on est persuadé de la vérité
de la Religion chrétienne par des preuves in-
vincibles, les mystères qu'elle propose à la
foi ne doivent pas l'ébranler. Quand un
philosophe s'est convaincu de l'existence
d'une force attractive dans les corps, et
qu'il en a calculé les lois, il y croit sans la
comprendre. Savons-nous comment l'âme
est unie au corps ? Et cependant nous n'a-
vons pas le moindre doute sur cette union,
sans que nous puissions concevoir comment

elle se fait. Voyez un musicien au clavecin,
il va exécuter une pièce de musique ; pour
exprimer la première note, il faut qu'il ait
la volonté de diriger tel doigt sur telle touche du clavecin, tel autre doigt sur une
autre touche pour exprimer la seconde, et
de même successivement pour exécuter une
sonate de dix mille notes. Voilà dix mille
actes de volonté qui se suivent si rapidement
que l'attention s'y perd. Il n'y a pas de doute
cependant que chaque touche du clavecin,
qui est frappée des doigts, l'est par un acte
exprès et distinct de cette volonté qui les
dirige l'un après l'autre, afin d'exprimer
chaque différente note. Conçoit-on comment
la volonté influe sur chaque mouvement des
doigts? A-t-on la moindre idée de ce méca-
nisme? Et cependant on croit à l'influence
de la volonté sur les mouvemens de toutes
les parties du corps.

Je ne me rappelle plus où j'ai lu le raisonnement suivant sur le mystère de la Trinité,
mais il m'a paru si satisfaisant, que je ne
puis m'empêcher de l'exposer ici. Je suis
pleinement persuadé de la nécessité d'une
révélation; celle de l'Evangile, fondée sur

les prophéties, les miracles, et la pureté de
sa doctrine, offre des preuves irrésistibles
de la divinité de son origine qu'aucune autre ne peut fournir. Je trouve dans l'Ecriture-Sainte cette proposition : « Qu'il y a
» trois qui témoignent dans le Ciel, le Père,
» le Fils, et le Saint-Esprit. » D'où, ainsi
que de plusieurs autres passages dans l'Ecriture, je connois qu'il y a une distinction
faite dans la Divinité, sous ces trois noms
de Père, de Fils, et de Saint-Esprit ; et je
trouve ces termes assez propres pour exprimer ce que nous savons de ce mystère. Je
ne puis trouver dans l'Ecriture-Sainte aucun éclaircissement sur la nature de cette
distinction, sinon que le Fils est engendré,
et le Saint-Esprit procède du Père et du
Fils. Je conclus de là qu'il doit y avoir quelque chose de plus qu'une simple distinction
nominale ; puisque nous sommes baptisés
au nom du Père, du Fils et du Saint-Esprit,
par où l'on doit entendre quelque chose de
plus que si l'ordre en avoit été donné en
ces termes : « Allez et baptisez toutes les
» nations au nom de Jéhova, d'Elohim et
» d'Adonaï ; » et si rien autre n'étoit entendu, sinon que les Apôtres dussent bap-

tiser au nom de Dieu, ce n'eût été qu'une
vaine tautologie. Je conclus aussi qu'il n'y
a pas trois esprits distincts et différens; autrement il y auroit trois Dieux, contre tout
ce que nous enseigne la raison et l'Ecriture-Sainte; d'où j'infère qu'il doit y avoir
dans la Divinité quelque chose de plus,
qu'une simple distinction nominale, et quelque chose de moins qu'une distinction de
trois esprits distincts; et trouvant toujours
chaque personne séparément, ou conjoin-
tement, nommée Dieu, et adorée comme
Dieu, je dis comme S. Athanase : J'adore
la Trinité en unité.

Quoiqu'il soit impossible de mettre ce sujet à la portée de l'esprit humain, on peut
néanmoins l'aider à se satisfaire par la comparaison suivante. Le soleil engendre les
rayons; du soleil et des rayons procède la
lumière et la chaleur; ainsi Dieu le Père
engendre le Fils; et du Père et du Fils pro-
cèdent l'Esprit de lumière et de grâce : mais
comme le soleil n'est pas avant les rayons,
ni les rayons avant la lumière et la chaleur,
mais ils sont tous ensemble; ainsi ni le Père
est avant le Fils, ni le Père et le Fils sont

avant le Saint-Esprit ; excepté quant à l'ordre, ou relativement l'un à l'autre, auquel égard seulement le Père est la première personne de la Trinité. Entre mille passages de l'Ecriture - Sainte, qui confirment l'argument ci-dessus rapporté, on peut consulter les suivans : Genèse, chap. 1, v. 1, 26 ; chap. 11, v. 7. — S. Mathieu, chap. 3, v. 16, 17 ; chap. 9, v. 4, 6. — S. Jean, tout le chapitre premier ; chap. 2, v. 24 ; chap. 14, v. 8 ; chap. 9, v. 30 et suiv. ; chap 16, v. 13, 14 ; chap. 20, v. 28. — S. Paul aux Romains, chap. 9, v. 5 ; aux Philippiens, chap. 2, v. 5, 6 ; aux Colossiens, chap. 2, v. 9 ; à Timothée I, ch. 3, v. 16. — Iʳᵉ. de S. Jean, ch. 5, v. 7, 20.

138. Voyez la trame d'une pièce de soie à différentes couleurs sous le métier ; les fils sont si régulièrement arrangés, et les couleurs si bien disposées sans se confondre, que, par l'industrie du tisserand, il en résulte un ouvrage merveilleux, représentant des animaux, des fleurs, etc. Ne seroit-ce pas ainsi que se forment, dans le cerveau, les images des choses aperçues par l'âme? Les différentes vibrations des fibres

combinées d'une manière presque infinie doivent suffire pour lui présenter tous les objets, et les mêmes vibrations, peut-être plus foibles, pour les lui rappeler. On peut aussi comparer l'âme à une vedette au haut d'une tour, qui découvre une grande perspective ; tout ce que les yeux peuvent découvrir dans l'étendue de cette perspective, l'âme le voit rassemblé dans un très-petit espace par un moyen qui nous est inconnu. Si un homme né sourd, et ne pouvant avoir par conséquent aucune idée de l'organe de l'ouïe, observait quelqu'un qui de loin donneroit des ordres à plusieurs personnes, s'il les voyoit se mouvoir successivement en conséquence de l'influence que ces ordres auroient sur eux, il ne pourroit comprendre, n'ayant point de notion de la parole, par quel moyen cette seule personne feroit mouvoir toutes les autres. Il se peut que de même l'union de l'âme avec le corps, et son action sur lui, soit par un moyen analogue, et dont nous ne pouvons avoir aucune idée.

139. C'est une erreur de croire qu'il y ait dans les objets les qualités qu'ils nous font

éprouver. Nous imaginons que la couleur
est dans les corps, quand il n'y a seulement
en eux que la configuration des parties propres à réfléchir à nos yeux tels rayons de la
lumière qui nous donnent l'idée de telle couleur. Ne voyant pas les particules du feu
qui occasionnent en nous la chaleur, et, si
elle est trop forte, qui nous brûlent en dé-
truisant nos fibres, nous croyons que la chaleur est dans le feu, mais à tort; la chaleur
n'est pas plus dans le feu, que la douleur
n'est dans la pointe d'une aiguille qui nous
pique.

140. Mettez partie d'un grain de blé, qui
aura été conservé dix, douze, quinze ans,
dans une goutte d'eau, et vous verrez des
milliers de petits animalcules se mouvoir,
non comme les autres animaux, d'un mouvement spontané, mais oscillatoire. Vous
les verrez, en un quart-d'heure de tems, se
reproduire, mourir, ou se dissoudre, être
succédés par une autre génération, et celle-
ci suivie par une autre; c'est comme le dernier degré de vitalité. A considérer donc
tous les degrés de vitalité, depuis le spontané jusqu'au mouvement oscillatoire, ne

peut-on pas dire que la vitalité, par une gradation naturelle, va se perdre dans le mouvement?

141. Nous croyons, il est vrai, que, depuis la prédication de l'Evangile, il n'y a que la foi en Jésus-Christ qui puisse sauver les hommes; mais nous ne pouvons pas prononcer sur le sort de ceux qui n'ont jamais entendu parler de lui, l'Ecriture n'ayant rien dit là-dessus. Nous sommes cependant certains que Dieu ne les condamnera pas pour une ignorance invincible (Rom. ch. 2, v. 12 et suiv.); c'est-à-dire, les Païens ne seront point jugés et condamnés pour des transgressions contre la loi de Moïse, qui ne leur avoit pas été donnée, mais pour leurs péchés contre les lois de la nature, de la raison et de leur conscience. Par la même raison, tous ceux qui pèchent sans l'Evangile, périront sans l'Evangile, non parce qu'ils n'ont pas cru en Jésus-Christ qu'ils n'ont pas connu, mais parce qu'ils ont péché contre les lumières de la raison, contre des lois plantées dans le cœur de l'homme, en quelque lieu et quelque situation qu'il soit (Rom. ch. 1, v. 18, 20, 22.)

Mais aussi il faut convenir que les Païens vertueux, qui ont adoré un seul Dieu, peuvent être sauvés par le mérite et la médiation de Jésus-Christ, quoiqu'ils n'aient pas connu leur bienfaiteur : plusieurs Pères de l'Eglise (1) ont été de cette opinion, entre autres Justin le Martyr. *Vid.* N°. 176. Voy. aussi Clarke, second vol. pag. 283, 354.

142. A raisonner conséquemment, il n'y a pas de philosophes qui soient moins fondés à nier la possibilité des apparitions de spectres ou de fantômes, que ceux qui nient l'existence de Dieu. Hobbes nioit l'existence des esprits, et cependant il avoit peur de se trouver seul la nuit, ou dans l'obscurité. Quoiqu'il crût qu'il n'y avoit pas d'autre substance que la matière, il admettoit qu'il en pouvoit résulter des êtres bien ou mal-

---

(1) Καὶ οἱ μετὰ λογου βιώσαντες Χριστιανοί εἰσι, κᾶν ἄθεοι ἐνομίσθησαν· οἷον ἐν Ελληοι μὲν Σωκράτης καὶ Ἡράκλιτος, καὶ ἐν ὁμοίοι αὐτοῖς εἰ βαρβάροις δὲ Ἀβραὰμ, etc. *Justin*, *Apolog.* 2.

Τάχα δὲ καὶ προηγουμένοις τοῖς Ελλησιν ἐδόθη ἡ φιλοσοφία τότε, πρὶν τὸν κύριον καλέσαι καὶ τοὺς Ελληνας· ἐπαιδαγώγει γὰρ καὶ αὐτὴ τὸ Ἑλληνικὸν, ὡς ὁ νόμος τοὺς Ἑβραίους εἰς Χριστόν· προκαρασκευάζει τοίνυν ἡ φιλοσοφία προοδοποιοῦσα τὸν ὑπὸ Χριστοῦ τελειούμενον. *Clemens Alex. Strom. I.*

Ὁ Θεὸς γὰρ αὐτοῖς ταῦτα, καὶ ὅσα καλῶς λέλεκται ἐφανέρωσεν. *Origen. advers. Cels. lib.* 6.

faisans, des êtres formés par des corpuscules
semblables à ceux qui excitent les pensées
·dans notre cerveau. On ne peut pas prouver
qu'il n'y ait eu souvent des personnes qui
aient cru voir des spectres, qui ont troublé
leur imagination; il y a donc certaines parties du cerveau qui, étant affectées d'une
certaine manière, peuvent représenter l'i-
mage d'un objet, qui n'a aucune existence
hors de nous-mêmes, et peuvent faire croire
à l'homme, dont la cervelle est ainsi modi-
fiée, qu'il voit à deux pas de lui un spectre
effroyable, un fantôme menaçant. Cela arrive souvent aux plus incrédules pendant
leur sommeil, ou dans l'accès d'une fièvre
ardente. Peut-on nier après cela qu'il ne
soit possible à un homme éveillé, et qui
n'est pas dans le délire, de recevoir, en certaines parties de son cerveau, une impression semblable à celle qui, par les lois de
la nature, est liée avec l'apparition d'un
fantôme ? Dans ce cas, ils ne peuvent pas
s'assurer qu'il ne leur apparaîtra jamais un
spectre. Hobbes devoit donc croire qu'une
certaine combinaison des fibres, agitées
dans son cerveau, pouvoit l'exposer à une
telle vision, quoiqu'il ne crût pas que ce pût

être un esprit, ou l'âme d'un homme mort;
et il n'est pas douteux que tout homme aussi
incrédule que lui, avec encore plus de cou-
rage, ne manqueroit pas d'être fort troublé,
s'il croyoit voir entrer dans sa chambre quelqu'un qu'il sauroit être mort.

143. Si l'âme mouroit, ce seroit, ou
parce que ses parties viendroient à se séparer, ou parce qu'elle se détruiroit elle-même,
ou parce que quelque autre substance créée
la détruiroit, ou parce que Dieu lui-même
voudroit l'anéantir.

On ne sauroit dire que les parties de l'âme
se séparent; car l'âme étant un esprit, n'a
point de parties. Le fer ne peut donc point
la diviser, le feu ne peut point la consu-
mer, et aucune maladie ne peut lui donner
la mort, parce qu'elle n'a ni sang qui puisse
s'allumer, ni humeurs qui puissent se corrompre.

Il est ridicule de dire que l'âme se dé-
truise elle-même; car comment peut-on
concevoir que l'âme, ou un être, ou substance quelconque, puisse se détruire?

Il est absurde de dire que l'âme est dé-
truite par quelque substance créée et finie ;
car qui peut concevoir qu'une substance
créée puisse détruire une nature spirituelle,
sans en avoir reçu le pouvoir de Dieu ? ce
qui nous conduit à la dernière solution.

On ne sauroit prouver que Dieu anéan-
tisse l'âme. On ne peut avoir aucune idée
de la justice de Dieu, que l'on ne conçoive
qu'elle demande que les bons soient récom-
pensés, et que les méchans soient punis.
Or il est certain que cela n'arrive pas toujours dans ce monde ; il faut donc en attendre un autre, où le vice soit puni et la
vertu récompensée ; et pour cela il ne faut
pas que l'âme soit anéantie. Ajoutez à ces
raisons le désir de l'immortalité, qui se
trouve en nous ; et le sentiment des plus
grands philosophes, Socrate, Platon, Cicéron, etc.

144. Les incrédules nient la résurrection
de Jésus-Christ, parce que ce fait n'est point
rapporté par des écrivains profanes : un
prodige de cette nature, disent-ils, n'auroit pu être oublié par aucun auteur contem-

porain. Mais qu'importe ce qui n'a point
été dit? Les témoignages qui manquent sont
de nulle autorité, puisqu'ils ne sont point.
On prétend que, si ce fait étoit vrai, la
foule des contemporains l'auroit rapporté;
mais tous ces contemporains, qui se sont
convertis sur la conviction de ce miracle,
ne forment-ils pas le témoignage que l'on
demande? On exigeroit seulement, dit-on,
vingt textes formels d'écrivains profanes,
et voilà la multitude immense des Juifs,
des Païens que ce prodige a rendus chrétiens,
qui sont morts pour témoigner que le fait
est certain; voilà une foule d'auteurs qui
étoient Païens, Denys, sénateur d'Athènes, Quadratus, Aristide, Justin, Athé-
nagoras et cent autres, qui se sont convertis par la force de la conviction de ce
fait, qui ont temoigné sa vérité par leurs
écrits, et qui sont morts pour assurer que
ce fait est certain. On écrit ce qu'on veut,
et souvent sans approfondir; mais on ne
meurt pas de même : *J'en crois volontiers
les témoins qui se font égorger*, dit Pascal,
et il a raison. Veut-on des passages des historiens désintéressés, qui parlent de la résurrection de Jésus-Christ; eh bien, n'est-

ce pas parler de ce prodige que de racon-
ter la fermeté inébranlable de ceux qui
mouroient pour en confirmer la certitude ?
Et n'est-il pas vrai que les historiens, les
philosophes, les poëtes ne cessent de dire
que les Chrétiens souffroient, avec une
constance plus qu'humaine, les supplices
et la mort en témoignage de la résurrection
de Jésus-Christ ? Les seules lettres de Pline
le jeune à Trajan, à ce sujet, sont une
preuve remarquable de la force de mon argument.

Supposons qu'un philosophe Païen, vivant soixante ans après la crucifixion de Jésus-Christ, ait écrit pour prouver que les
faux miracles s'opèrent ordinairement dans
l'obscurité et devant peu de témoins, et
que, venant à parler de ceux de Jésus-
Christ, il en parlât en ces termes : « Ses
» œuvres étoient toujours au grand jour,
» parce qu'elles étoient vraies; elles ont été
» vues de ceux qu'il a guéris, de ceux qu'il
» a ressuscités des morts ; et ceux qu'il a
» guéris et qu'il a ressuscités ont été vus,
» non-seulement au tems de leur guérison,
» et de leur résurrection, mais long-tems

» après; bien plus, ils ont été vûs non-
» seulement pendant que Jésus-Christ étoit
» sur la terre, mais ils lui ont survécu, et
» même encore de nos jours, plusieurs de
» ceux-là sont vivans. »

Si un témoignage semblable avoit été rendu
par un philosophe d'Athènes, n'est-il pas
vrai que les incrédules même ne pourroient
s'empêcher de le considérer comme étant de
grands poids, et peut-être que leur incrédulité en seroit ébranlée? Eh bien, ce sont précisément les termes dans lesquels s'exprime
un fameux philosophe Athénien, nommé
Quadratus, qui vivoit environ soixante ans
après Jésus-Christ. Mais, dira-t-on, il étoit
Chrétien : or, envisagez la chose sans partialité, et voyez si son témoignage n'en est
pas, par cela même, plus convaincant? S'il
fût resté dans l'idolâtrie, le monde n'auroit-il pas dit, qu'il n'étoit pas sincère dans
ce qu'il avoit écrit, autrement il eût em-
brassé le christianisme? Or, une preuve
qu'il croyoit ce qu'il écrivoit, et qu'il avoit
bien approfondi les choses, c'est que non-
seulement il quitta l'idolâtrie, mais qu'il
souffrit le martyre en témoignage de la vérité de sa nouvelle foi.

Aristide étoit un autre philosophe d'A-thènes, contemporain de Quadratus ; il embrassa le christianisme, et en fit l'apologie. Son ouvrage est perdu, mais il existoit du tems d'*Ado Vinensis* (en 870), qui nous assure qu'il étoit très-estimé.

S. Augustin a dit : « Si les miracles sur lesquels s'appuie la religion chrétienne ne sont pas vrais, son établistement, en dépit de l'opposition de toutes les Puissances de la terre, est seul un grand miracle. » Un auteur moderne a amplifié très-élégamment cette proposition: « Si Jésus-Christ n'est pas réellement ressuscité, il sera vrai que douze pêcheurs, sans expérience, et sans autre appui qu'une folle audace, l'auront emporté par la fraude la plus grossière, sur les ennemis de leur doctrine les plus éclairés, les plus instruits et les plus artificieux. Il sera vrai qu'une poignée d'hommes méprisés, haïs et persécutés, sans talens pour plaire, sans preuves pour convaincre, aura fait plier tout à la fois l'autorité, la politique et la multitude ; il sera vrai qu'en promenant par toute la terre, un système contraire à la religion de tous les peuples,

formellement combattu par tous les philosophes du monde, inconcevable à la raison
des simples, inaccessible à la sagacité la
plus pénétrante, irréconciliablement opposé
aux préjugés les plus universels, ils auront
cependant renversé toutes ces religions,
humilié et fait taire tous ces sages, vaincu
toutes les répugnances de l'esprit, changé
toutes les préventions, et cela, encore une
fois, par la seule exposition du fait le plus
extravagant en apparence, le plus destitué
de certitude ; il sera vrai que les hommes
les plus vils auront fait ce que les Puissances les plus accréditées, les plus absolues,
ne sauroient accomplir, n'oseroient même
entreprendre ; c'est-à-dire, de faire con-
courir tous les hommes dans la créance d'un
fait contre toute évidence du contraire. Il
sera vrai que les fourbes les plus malhabi-
les, les plus insensés dans leurs mesures,
auront trouvé l'art de perpétuer le souvenir
du fait le plus incompréhensible, par l'ins-
titution d'un jour destiné partout à en ho-
norer la mémoire. Il sera vrai que, durant
dix-sept siècles, on n'aura pas su trouver le
mot de l'énigme, ni inventer un dénouement
tant soit peu vraisemblable à ce malheureux

mystère, à ce prodige de séduction. Que celui-là se montre, qui voudra se rendre protecteur de cette foule d'absurdités visibles. *Hauteville, in-4°.* page 313; Paris, 1722.

145. Pour satisfaire en quelque sorte la curiosité de ceux qui désirent connoître les auteurs profanes qui ont parlé de Jésus-Christ, sans être convertis au christianisme, j'en citerai ici quelques-uns des principaux. *Tacite, lib.* 15, chap. 44, parle de sa mort sous le règne de Tibère ; *Suétone,* en Claude, 25 ; et *Néro,* chap. 16 ; *Lucien,* dans *Peregrin, Pline* le jeune, *Ep.* 97, en ont parlé clairement. Le massacre des enfans par Hérode à Bethléem, est rapporté par *Dion,* dans sa Vie d'Octave César, et par *Macrobe.* Les ennemis même des Chrétiens, Celsus, Porphyre, et Julien, parlent des miracles opérés par Jésus-Christ ; mais ils les nomment des prestiges, ou les attribuent à la magie. *Chalcidius,* dans son commentaire sur le Timée de Platon, parle d'une nouvelle étoile qui parut (vers le tems de la naissance de Jésus-Christ) , et sembloit annoncer la venue en terre d'un

Dieu que de sages Chaldéens cherchèrent
et vinrent adorer. Tertullien , dans son
Apologétique , parle de la protection que
Tibère accorda aux Chrétiens ; et s'adressant aux Romains qui avoient vécu dans ce
tems-là , il leur rappelle que cet Empereur
proposa au Sénat de faire recevoir le Christ
au nombre des Dieux que Rome adoroit ,
mais qu'on lui représenta que ce seroit abo-
lir le culte des autres Dieux. *Lampridius,*
dans sa Vie d'Alexandre Sévère , dit que ce
Prince vouloit élever des temples à Jésus-
Christ dont il admiroit la vie et la doctrine,
mais que ses conseillers l'éloignèrent de ce
dessein par la même raison. — Le même
auteur dit aussi que l'empereur Adrien avoit
eu la même idée. Quoi qu'il en soit, Alexandre Sévère adoroit en secret Jésus-Christ ,
dont il avoit un simulacre dans son cabinet. Tacite et Suétone parlent de l'opinion
qui prévaloit dans le monde , qu'il viendroit de l'orient un Roi qui régneroit sur
toute la terre ; et ils rapportent à Vespasien
les prophéties qui ne regardoient que Jésus-
Christ. Le Targum de Jérusalem et plusieurs
des auteurs Juifs contemporains parlent de
Jésus-Christ, de ses miracles , auxquels ils

refusent une autorité divine , il est vrai ;
autrement ils n'eussent pas pu se refuser à
leur conviction. Ainsi les uns, par intérêt,
pour ne pas perdre leur état ; les autres ,
par la crainte de la persécution ; d'autres ,
(et probablement le plus grand nombre)
pour avoir entendu parler légèrement de
Jésus-Christ, et ne s'être pas donné la peine
d'approfondir les merveilles de sa vie , sont
restés dans l'incrédulité , tout en témoignant
pour lui.

146. Trogue Pompée étoit un historien
tellement estimé , qu'un des plus habiles
écrivains de l'antiquité (Justin) a fait un
abrégé de son histoire, dont le mérite géné-
néralement reconnu n'a pas peu contribué
sans doute à faire perdre l'original. On
trouve dans l'abréviateur un passage remarquable sur Joseph , qui s'accorde sin-
gulièrement avec ce qui est dit de lui dans
le livre de la Genèse; le voici : « Joseph
étoit le plus jeune de ses frères ; il eut une
supériorité de génie, qui le leur rendit redoutable , et qui les porta à le vendre aux
marchands étrangers , qui l'emmenèrent
en Egypte , où il exerça l'art magique avec

un succès qui le rendit très-cher au Roi. Il
étoit plein de pénétration dans les prodiges,
et dans l'explication des songes; il n'y avoit
rien de si abstrait dans les choses divines ou
humaines qu'il n'atteignît, jusque-là qu'il
prédit une stérilité plusieurs années avant
qu'elle arrivât. L'Egypte eût péri de fami-
ne, si le Roi n'avoit, par le conseil de Joseph,
publié un édit par lequel il ordonnoit de faire
des provisions pour plusieurs années. La
science de Joseph étoit telle que les Egyptiens
écoutoient les oracles de sa bouche, comme
venant non des hommes, mais de Dieu
même.

147. Il n'y a pas de doute que S. Pierre
ne fût marié : S. Mathieu, chap. 8, v. 14,
parle de la mère de sa femme que Jésus-Christ
guérit. Le mot πενθεραν, qu'il emploie pour la
désigner, signifie non-seulement belle-mère (*socrus*), mais proprement mère de sa
femme; lorsqu'il est question de belle mère,
comme seconde femme du père, c'est μητρυα
(*noverca*) que l'on emploie. Le nom de la
femme de Pierre étoit *Perpetua;* elle souffrit
le martyre à Rome quelque tems avant lui.
S. Clément (*Recognitiones in Cotelerii P.*

P. lib. 7, sec. 25) en parle positivement, et
Clément d'Alexandrie dit qu'il la suivoit au
supplice pour l'exhorter à mourir avec cou-
rage (Strom. lib. 7, sect. 11). Elle étoit fille
d'Aristobule, surnommé Zébedée et nièce
de l'apôtre Barnabas; ils avoient une fille
nommée *Petronilla*. St. Clément, disciple
de St. Pierre, et St. Ignace, disciple de
St. Marc, disent tous les deux que St. Pierre
et St. Paul étoient mariés (Euseb. *Hist.*
Eccl. lib. 3, chap. 30. — Ignat. *Epist. ad*
Philadelph.) St. Ignace n'est pas le seul
qui ait dit que St. Paul étoit aussi marié;
Clément d'Alexandrie (Strom. lib. 7, sect.
21), le conclut ainsi, de deux passages de
cet apôtre, Ire. aux Corinthiens, chap. 9,
v. 5; et aux Philippiens, chap. 4, v. 2 et 3.
Dans le premier il dit : « N'avons-nous pas
» le pouvoir de mener avec nous une sœur
» femme, comme font les frères du Sei-
» gneur et Céphas?» Or, cette sœur femme
ne pouvoit pas être une étrangère, cela eût
été scandaleux; et nous venons de voir
que St. Pierre menoit avec lui sa femme,
que les Martyrologues et autres auteurs
disent avoir souffert le martyre à Rome
lorsqu'il y étoit. Il ne s'ensuit pas de ce que

dit St. Paul, qu'il menât la sienne avec lui; au contraire, il paroît qu'il n'en faisoit rien, mais seulement qu'il pouvoit le faire; et St. Clément en donne pour raison, qu'elle lui eût été inutile dans son ministère. Mais tous les auteurs des premiers siècles appliquent le second passage de St. Paul à sa femme, et le σύζυγε γνησι est par les meilleurs interprètes traduit par *conjux germana* ou *sincera conjux*; et à ce sujet St. Ignace aux Philadelphiens dit, que non - seulement St. Pierre et St. Paul, mais la plupart des autres Apôtres, étoient mariés. Théophylacte, qui ne convient pas du sens donné à ces mots, se fonde sur ce que cette apostrophe est au masculin, mais à tort : σύζυγες est neutre; et quant à γνησι, on sait que, dans le dialecte attique, le masculin est souvent mis pour le féminin. Homère met κλητὸς pour κλητὴ, Euripide γενναῖος pour γυναῖα; et le même Théophylacte, dans l'Epître à Tite, chap. 1, interprète σωτήριος par *salutifera*. Cette apostrophe ne convenoit point à ceux qui coopéroient avec St. Paul dans le ministère de l'Évangile; il les appelle toujours συνεργὸς, et non σύζυγος. Les Évêques et les Prêtres étoient mariés dans la primitive

Église. St. Paul , 1 Tim. chap. 3 , v. 2 et
12, dit qu'il faut qu'ils *soient* ΕΙΝΑΙ, ΕΣΤΩΣΑΝ,
maris d'une seule femme , non pas qu'ils
n'aient eu qu'une seule femme. C'est ainsi
que Théodoret l'interprète. « J'approuve ,
» dit-il , le sentiment de ceux qui disent
» que, comme les Juifs et les Grecs avoient
» plusieurs femmes à la fois , et qu'à pré-
» sent que les lois des Empereurs ne le per-
» mettent pas, ils entretiennent des concu-
» bines avec leurs femmes ; l'Apôtre défend
» que l'on ordonne pour Évêques autres
» que ceux qui n'avoient qu'une seule
» femme. » ΕΙΝΑΙ μῖας γυναικὸς ἀνδρα; au présent, qu'il *soit,* non pas au passé , qu'il *ait
été.* Je me suis étendu davantage sur ce
sujet dans mon ouvrage *de l'Eglise du
Pape , et de quelques points de controverse.* Je n'ai voulu ici que présenter quelques argumens que j'avois omis là , et ajouter
quelques citations que je ne connoissois
pas alors.

148. Ἐδόθη μοι σκόλοψ τῇ σαρκὶ , II. Cor. ch. 12,
v. 7. Quelques commentateurs ont inter-
prété cet aiguillon de la chair, dont se
plaint St. Paul , par des désirs de concupis-

cence : mais quelle apparence qu'un aussi
saint Apôtre , déjà vieux , fût incommodé
des mouvemens de la chair , au point de
s'en plaindre ? Il est plus probable , selon
St. Ambroise , que St. Paul parle ici des
intrigues , des persécutions , des calomnies
de ses ennemis , qui ne le laissoient point
en repos , et servoient , comme il le dit lui-
même , à l'empêcher de se glorifier des avantages qu'il avoit reçus du Seigneur , s'il y
eût été disposé ; ce sont ces ennemis qu'il
appelle Satan , c'est-à-dire , des suppôts de
Satan.

149. Quiconque regarde une femme pour
la convoiter a déjà commis un adultère
avec elle , dit Jésus-Christ. Un auteur Grec ,
cité par Chrysostôme (*Collectanea Anto-
nii*), a dit aussi Ῥίζα μοιχείας ἡ περίεργος θέα τῶν
ὄψεων. La source de l'adultère est la trop
curieuse inspection des yeux.

150. Les anciens philosophes , Platon
entr'autres , croyoient qu'après la mort
l'âme étoit revêtue d'un corps aérien et sub-
til , susceptible de toutes les sensations de
peine et de plaisir , et par lequel l'homme

devoit être puni ou récompensé dans une
vie à venir. Ce sentiment n'avoit rien d'absurde, mais avoit besoin de preuves et de
témoignages. La révélation nous a tirés de
ce doute. Jésus-Christ (Math. chap. 22),
nous apprend qu'après la résurrection les
hommes seront semblables aux anges, ἰσαγ-
γέλοι, c'est-à-dire, qu'ils auront des corps
immortels, incorruptibles, légers, lumi-
neux, sans toutefois quitter les qualités corporelles, comme nous voyons qu'étoit le
corps de Jésus-Christ après sa résurrection,
qui étoit sensible, avoit de la chair et des
os. L'Évangile nous enseigne aussi que les
hommes ne mangeront ni ne boiront, et
qu'ils ne se marieront point ; ils seront
donc probablement dénués d'entrailles, et
de différence de sexe. Nous sommes fondés
jusque-là à établir nos conjectures ; vouloir les pousser plus loin, c'est entrer dans
des questions vaines et inutiles. Quant à
l'état de l'âme immédiatement après la mort,
et avant qu'au tems de la résurrection générale elle reprenne son corps, il ne faut
pas penser qu'elle soit dénuée jusqu'alors de
tout sentiment. L'autre monde n'est pas
autant éloigné de celui-ci que l'on se

J'imagine ; c'est notre union avec le corps
qui nous en intercepte la vue ; aussitôt que
l'âme le quitte, elle passe dans un autre
monde, ou plutôt dans un autre état de
vie ; car le monde n'est pas le même. Vivre
avec ce corps, est vivre dans ce monde :
vivre sans le corps est changer de scène,
et commencer à voir ce que le voile de la
chair nous cachoit. Un nouveau spectacle
se présente immédiatement à notre vue ;
l'obstacle matériel étant écarté, l'âme aperçoit ce qui auparavant étoit invisible. St. Paul
nous dit (IIe. aux Corinthiens, c. 5, v. 6 et 8) :
« Quand nous sommes avec le corps, nous
» sommes absens du Seigneur ; mais quand
» nous sommes absens du corps, nous som-
» mes en présence du Seigneur. » Il semble
que cela doive suffire pour nous guérir de
notre attachement au corps, à moins que
nous n'aimions mieux, dit Sherlock, être
toujours renfermés dans une prison, et regarder comme au travers d'une grille, au
lieu de nous trouver en liberté, et de jouir
d'une glorieuse perspective du monde. La
mort nous ouvre les yeux, étend notre
vue, et nous présente l'aspect d'un monde
glorieux et nouveau, que nous ne pouvons

jamais apercevoir, tant que nous sommes
détenus dans les liens de ce corps mortel.

151. Il y a deux grandes questions agitées sur l'enfer ; le lieu où il est, et l'éternité de ses peines. Les anciens l'appeloient
le Tartare, *l'ades*, ᾁδης. Les Juifs l'appeloient *Gehenna*, de la vallée d'*Hinnom*.
Homère et Hésiode le placent sous la terre ;
d'autres le placent sous le *Ténare* ; d'autres
sous le Lac *Avernus*, dans la Campanie ;
d'autres, à la source du *Styx*, rivière
d'Arcadie ; les premiers Chrétiens le pla-
çoient aux Antipodes, ou au centre de la
terre (voyez Tertullien). Peut-être que ce
globe terrestre sera converti en un lieu de
Gehêne pour le tourment des méchans et
des mauvais anges. Selon Whiston, les comètes sont autant d'enfers destinés à transporter alternativement les damnés dans le
voisinage du soleil, pour y être brûlés de
son feu, et les reporter ensuite dans les régions du froid et des ténèbres, au-delà de
l'orbite de Saturne. Swinden le place dans
le soleil même ; et Pythagoras, avant lui,
l'avoit placé dans la sphère du feu. Les
raisons alléguées par Swinden sont sa ca-

pacité, sa distance de l'empyrée ou du ciel
local, considéré comme le centre du système général de l'univers.—Origènes n'admettoit point l'éternité des peines de l'enfer;
et plusieurs auteurs graves, de notre tems,
ont maintenu son opinion, entr'autres le
célèbre archevêque Tillotson, qui la défend ainsi : Il observe que la mesure des
peines, par rapport aux crimes, n'est pas
toujours prise d'après le degré des transgressions, mais des raisons du Gouvernement,
qui inflige tellement les peines qu'elles puissent assurer l'obéissance aux lois, et en
prévenir l'infraction. La première fin de la
menace n'est pas la punition du crime, mais
la prévention de la transgression de la loi.
Dieu ne menace pas de punir l'homme, afin
qu'il pèche et soit puni, mais afin qu'il ne
pèche pas et soit sauvé; c'est pourquoi plus
la menace est grande, et plus la bonté se
manifeste; outre que celui qui fait la menace peut s'être réservé le pouvoir de l'exécuter, ou non. Il y a cette différence entre
menacer et promettre, que celui qui pro-
met est obligé de tenir parole; mais celui
qui menace, conserve toujours le droit de
punir ou non, et n'est pas obligé de mettre

la menace à exécution qu'autant qu'exigent les raisons de son Gouvernement.
Ainsi, quand Dieu envoya Jonas annoncer
la destruction de Ninive, il connoissoit ses
droits, et fit ce qu'il lui plut, quoique la
menace eût été positive, et indépendante
de la repentance des habitans de cette ville.

152. Les Démons chez les Anciens étoient
des esprits subordonnés à la Divinité et
agissant sous ses ordres. Platon, dans son
Timée, en fait des demi-Dieux, à qui
l'Être Suprême commit l'arrangement des
différentes parties du monde, c'est pourquoi Orphée les appelle Δαίμονας Ούρανίος
καὶ ηερίος καὶ ἐνύδρος. Dans l'Evangile les Démons sont le plus souvent mentionnés
comme possédant les esprits des hommes,
et tourmentant leurs corps; ils sont aussi
appelés des anges (Mathieu, c. 25, v. 41) :
τῷ διαβόλῳ καὶ τοῖς ἀγγέλοις αὐτῆ, au Diable et à
ses anges; et St.-Pierre (2 Ep. ch. 2, v. 4)
εἰ γὰρ ὁ Θεὸς, ἀγγέλων ἁμαρτησάντων, ὐκ ἐφείσατο:
Si Dieu n'a pas épargné les anges qui ont
péché; où l'Apôtre désigne ceux dont Jude
dit qu'ils n'avoient pas conservé leur puissance, mais avoient abandonné leur pre-

mière demeure. Μὴ τηρήσαντας τὴν ἑαυτῶν ἀρχὴν ἀλλὰ ἀπολιπόντας τὸ ἴδιον οἰκητήριον, dont St. Jean (Ch. 8 , v. 44,) dit que le Chef ἐν τῇ ἀληθεία ͅ ἕστηκε, n'étoit pas resté dans le chemin de la vérité. St. Pierre au même endroit dit, que Dieu les avoit précipités dans les ténèbres, où ils étoient retenus enchaînés pour le jour du jugement : σειραῖς ζόφου ταρταρώσας παρέδωκεν εἰς κρίσιν τηρημένους. Et de même l'Apôtre Jude : εἰς κρίσιν μεγάλης ἡμέρας δεσμοῖς ἀϊδίοις ὑπὸ ζόφον τετήρηκεν. Ces mauvais anges, après avoir joui de la lumière céleste , se trouvent comme dans les ténèbres étant précipités dans les basses régions de l'air; ce qui fait que St. Paul appelle Satan le Prince des Puissances de l'air : τὸν ἄρχοντα τῆς ἐξουσίας τοῦ ἀέρος (Ephes. ch. 2 , v. 2). Il faut savoir que ταρταρεῖν signifie précipiter en bas, et τάρταρα s'entend de tout lieu qui est au bas, soit en terre , dans l'eau ou dans l'air. Ainsi Homère (Iliad. θ. μ. φ.) di τάρταρον ἠερόντα, ζόφον ἠερόντα : Les tartares de l'air , les ténèbres de l'air.

153. Pichler, né à Rome d'un père Allemand, a été le plus habile graveur en pierres fines , parmi les modernes, sans excepter Natter. Il a, plus qu'aucun autre, approché

de la perfection des anciens. Je lui ai entendu dire, qu'avec toute l'application qu'il avoit toujours mise à imiter les grands maîtres de l'antiquité, il n'osoit pas se flatter que le meilleur de ses ouvrages arrivât à égaler leurs ouvrages médiocres. Son ambition étoit cependant de travailler à faire quelque chose qui pût être cru antique. Il m'a raconté là-dessus, qu'ayant une fois trouvé une très-belle sardoine, il résolut de la graver en creux dans le goût antique. Il prit pour son sujet un homme jouant avec un cerceau, et il y mit tant de soin que, tout modeste qu'il étoit, il en fut très-satisfait. A peine l'ouvrage étoit-il fini qu'il disparut, sans qu'il sût comment, sinon qu'il soupçonna que son apprenti le lui avoit volé; mais il n'avoit pas de raison suffisante pour l'en accuser. Au milieu de ces doutes, don Ciccio Alfani, grand antiquaire de Rome, et réputé bon juge en cette matière, entra chez lui plein d'enthousiasme; il venoit pour lui faire voir un chef-d'œuvre de l'antiquité, qu'il avoit acheté de Christiani, autre antiquaire de Rome, pour cinquante sequins; et Christiani l'avoit, disoit-il, acheté d'un paysan qui l'avoit trouvé en

labourant la terre. Quel fut l'étonnement
de Pichler de reconnoître son propre ouvrage, l'homme au cerceau! Il demande à
don Ciccio s'il est bien sûr que ce soit une
antique. Celui-ci lui répond, « Qu'il n'y a
» pas à en douter, qu'aucun artiste n'a ja-
» mais pu approcher de la perfection d'un
» tel ouvrage ». Pichler, flatté d'avoir obtenu ce qu'il désiroit, préféra l'honneur
que lui faisoit le jugement de deux habiles
antiquaires au recouvrement de son *intaglio*, et prit le parti de les laisser tous deux
dans l'erreur. Quelques jours après, don
Ciccio Alfani vint le trouver : « Je vais à
» Paris, lui dit-il, où je connois deux ama-
» teurs, qui me paient bien ce que je leur
» porte. Ne pourriez - vous pas imiter si
» bien *l'homme au cerceau*, que l'on pût
» prendre la copie pour l'original ? Per-
» sonne ici n'en est plus capable que vous ».
Pichler promit d'y mettre tout son savoir.
Il copia son propre ouvrage, et il se tint,
à dessein, un peu au-dessous de l'original,
mais si peu, qu'il n'y avoit qu'un habile
connoisseur qui pût prononcer l'un infé-
rieur à l'autre ; et don Ciccio, très satisfait,
le lui paya quarante sequins. Il part pour

Paris, et vend ses deux prétendues anti-
ques à ses bonnes pratiques : le premier
à M. d'Augny, célèbre par sa magnifique
collection de pierres précieuses, et l'autre, à un amateur dont j'ai oublié le nom.
À quelques mois de là les deux connoisseurs
se rencontrent, chacun avec l'homme au
cerceau à son doigt : « Voyez, dit l'un, la
» belle acquisition que j'ai faite d'une an-
» tique admirable ». « Bon, dit l'autre, en
tirant une bague de son doigt, « Vous avez
» la copie de l'original que j'ai acheté de
» don Ciccio Alfani ». « Vous vous moquez,
» dit le premier, c'est moi qui ai l'original,
» et vous avez la copie ». Là-dessus grande
dispute, suivie d'un pari de cent louis ; et
l'on convint de s'en rapporter au jugement
de Pichler. Les deux bagues lui furent aussitôt expédiées par la poste : on lui écrivit ;
et Pitchler, content de son succès, leur
répondit, « Qu'ils pouvoient retirer leur
» pari, et que c'étoit lui qui avoit gravé
» les deux pierres ». Je connoissois beaucoup M. d'Augny. En revenant de Rome
je fus dîner chez lui : je lui demandai à
voir l'homme au cerceau ; il me le montra :
je lui dis ce que Pichler m'avoit raconté ;

il convint de la vérité du fait, en ajoutant
qu'il ne regrettoit pas les cent louis qu'il avoit
donnés pour cette bague, d'autant moins
qu'il avoit l'original. Je dois dire encore
que Pichler découvrit par la suite que son
apprenti, après l'avoir volé, avoit aposté
un paysan pour vendre l'*intaglio* à Christiani, comme s'il l'eût trouvé en terre;
fraude communément pratiquée à Rome,
et de laquelle, comme bien d'autres, j'ai
été moi-même la dupe à mon premier voyage
en cette ville.

154. Le traité de morale le plus complet,
le plus méthodique et le plus didactique
que nous ayons, est encore celui d'Aristote.
Le célèbre Nicole a intitulé son ouvrage sur
ce sujet, *Essais de Morale,* et il a eu raison;
on y trouve bien toute la morale, mais c'est
plutôt une série de sermons qu'un traité de
morale : c'est dans ce beau traité qu'Aristote
a si bien défini l'amitié. La substance de ses
principes est qu'aimer est un besoin. «Nulle
» amitié, dit-il, sans besoin; ce seroit un
» effet sans cause. Les hommes n'ont pas
» tous les mêmes besoins; l'amitié est donc
» fondée entre eux sur des motifs différens.

» Les uns ont besoin de plaisir ou d'argent,
» les autres de crédit; ceux-ci de converser;
» ceux-là de confier leurs peines : en con-
» séquence, il est des amis de plaisir, d'ar-
» gent, d'intrigue, d'esprit et de malheurs».
Rien de plus utile que de considérer l'amitié
sous ce point de vue, et de s'en former des
idées nettes.

155. Il y a des personnes de beaucoup
d'esprit qui traitent la raison de chimère,
et comme insuffisante et sans force pour
nous convaincre des grandes vérités méta-
physiques; mais ce n'est de leur part qu'un
pur sophisme ; car en voulant combattre
contre la raison, ils le font, ou avec raison,
ou sans raison : dans le dernier cas, ils ne
font rien, et dans le premier, ils trahissent
leur propre cause, et établissent cela même
qu'ils veulent détruire. *Vide* 175.

156. Il est inutile et souvent dangereux de
vouloir approfondir quelques-uns des mystères inexplicables de la Religion chrétienne. Celui de la génération du Verbe est sans
doute le plus difficile, puisqu'il entre dans
la connoissance de la nature de l'Être

Suprême, à laquelle notre esprit limité ne peut jamais atteindre. Cet article étant cependant un des objets de notre foi, et faisant partie du symbole de Nicée, a dû fixer l'attention des esprits capables de s'occuper d'un si grand sujet. Parmi ceux qui en ont parlé le plus dignement, est *Marcile Ficin* (*della verità della Religione christiana,* cap. 13), élève de *Gemisthius Pletho*, l'un des restaurateurs des lettres venues de la Grèce au milieu du quinzième siècle. Voici comme il s'exprime à cet égard, et la matière est si délicate, que je n'ose la traduire.

Ficin, dans le Traité cité ci-dessus, venant à cette question, *Come si fà la generazione del Verbo?* l'explique de cette manière : « Ogni vita genera prima la sua stirpe in se medesima, che fuori di se ; e quantò è più prestante vita, tanto più interiore à se genera sua stirpe........ Così la vita rationale partorisce in se medesima la ragione delle cose......... Così la vita angelica, più alta che la vita rationale, partorisce in se, per virtù di Dio, conoscimenti e forme di se e delle cose........ La vita Divina, essendo eminentissima e fecondissima sopra tutte,

molto maggiormente genera prole à se simi-
lissima che non fanno gli altri generanti, e
quella prola genera in se medesima, prima
che fuori di se la spieghi : genera, dico, in-
tendendo; si come Iddio, perfettamente in-
tendendo se medesimo e in se tutte le cose,
concepe in se medesimo un perfetto concetto di tutto se, e di tutte le cose; il quale
concetto è imagine d'Iddio piena ed iguale,
ed esemplare del mondo sopra pieno. Orfeo
lo nominò Pallas, nata solamente del capo
di Giove; Platone chiamò tal concetto figliolo del Padre Iddio, nella Epistola à
Hermias (Plat. tom. 3, p. 322) e nello Epi-
nomide (tom. 2, p. 986) l'appellò ragione e
Verbo, dicendo cosi : « Il verbo, sopra
» tutte le cose, divinissimo, adornò questo
» mondo » (1). Mercurio Trismegisto, nel
libro che tradusse Apuleo di Greco in La-
tino, e anche in quel altro che traducemmo,
noi, molte volte della sapientia d'Iddio
parlando, la chiama, figliolo d'Iddio, e en-
cora fà mentione dello Spirito : simile cose
truovo in Zoroastro. Dissono costoro quello
che poteronno, eziandio con l'ajuto d'Iddio;

(1) Ὁ λόγος ἦν πρὸς τὸν Θεόν. S. Jean, ch. I, v. I.

ma solo Dio l'intende interamente, ed intra
gli uomini, colui più, al quale Iddio piu
ne rivela. La fecondità di Dio, la quale è
il bene infinito in atto, per la natura dello
interno ed immenso bene, ab eterno propaga se medesima in atto infinitamente; ma
cio che è fuori di Dio è finito. Dio adunque
propaga, cioè genera se, in se medesimo,
ove certamente dello eterno padre è il
figliolo eterno. È dunque necessario che
questa stirpe molto maggiormente sia in-
tima à esso Dio che la detta sopra stirpe
dell' angelo al angelo. Imperoche nel angelo, perche altro è lo essere, altro lo
intendere, però la forma e ragione, che in-
tendendo quivi si genera, è differente assai
dalla essentia del angelo; ma in Dio, perche l'essere e l'intendere è uno medesimo,
la ragione, la quale Iddio, sempre se inten-
dendo, genera sempre, come espressima
imagine di se, tutta una è in essentia che
colui, che genera; benche per una certa
relatione mirabile, come generata, si dis-
tingue del generante. Dio, per questa
eterna cognitione e forma, conoscendo ab
eterno se medesimo infinito bene, per la
medesima, ab eterno spira infinito amore

in se ed inverso se medesimo ». Voyez
N°. 177.

157. Il est dit (S. Luc, ch. 22, v. 44,)
que Jésus - Christ à l'agonie et saisi d'une
transe excessive, sua des gouttes de sang.
Explication physique à part, voici des faits
qui peuvent servir à illustrer ce texte.

Avicenne (lib. 2, cap. *de sudore*) rapporte avoir vu des sueurs jaunes, et d'autres vertes ; et dans un autre ouvrage (*in
Cantic.*) il dit avoir vu une sueur noire
comme de l'encre, dont la cause étoit la
mélancolie. Vid. *Olaüs Borrichius, acta
Hafniensia. — Bartholin, tom. 1, p.* 155,
1672.—*Alsharavius Arabicus, lib. pratic.
sect.* 2, *tractat.* 31, *cap.* 19.—Il y a eu des
sueurs d'urine, arrivées par des rétentions
d'urine ; des sueurs qui avoient l'odeur des
excrémens (*Appendix Ephemerid. Germa-
nic. an.* 1688). Apulée, dans son apologie
première, dit que Crassus s'étant baigné
une seconde fois, après un grand repas,
eut une sueur de vin (*Vid. et Franc. Zip-
pée : Fundament. Medic. Physic. pars* 2,
cap. 3, *art.* 17). Nous avons un grand

nombre d'observations de sang coulant ou
transudant de quelques parties en particulier. Il en sort quelquefois par les oreilles,
par les yeux, par les gencives. Bartholin
(*de cruce hippomnem.* 4, *de sudore sang.*)
dit avoir vu une Dame à qui il ruisseloit des
gouttes de sang du visage et de la main
gauche, dès qu'on les lui touchoit. Voyez
aussi Barlé *de vitâ Scanderbergi.*—Henri,
*ab Heers (Observat. Medic. rarior. seu
fons spadan. Lug. Bat.* 1685, *Observat.*
23), dit que, toutes les fois qu'un Flamand,
qui buvoit les eaux de Spa, revenoit le matin de la fontaine, il lui sortoit du sang
goutte-à-goutte de dessous les aisselles (*vid.
Gasp. Pezoldus, Observat. Wratislaviae,*
1715, *in*-12.—*Benivenius de abditis mor-
bis.*—*Fernel, lib.* 6 *Pathologiae, cap.* 4,
Paris, 1567, *fol.*). Galien, *lib. de Medi-
cament. purgant. cap.* 4, parle d'une plante
qui produit une sueur de sang. Marcelle
Donati (*de Med. Hist. Mantuae,* 1596,
4°. *cap.* 2), dit avoir été témoin de ce que
l'on appelle, à la Martinique, *maladie de
Siam,* où l'on sue du sang par les pores.
—Enfin, il y a plusieurs sueurs de sang
causées par les passions violentes; car, sans

parler des sueurs de sang que rapportent
Aristote (*lib.* 3 , *Hist. Animal. cap.* 19, *et
lib.* 3 *partium animal. cap.* 5. — *Galien
de utilitate respirationis.* — *Theophrastus ,
Cresius , de sudore , lib. de dignoscend.
Morb. cap.* 2.) *Durius ,* dans les Ephémérides d'Allemagne (*Observ.* 179), dit qu'un
jeune homme , ayant été mis en prison , eut
une si grande frayeur qu'il tomba en foi-
blesse et sua du sang par la poitrine , les
mains , etc. M. Fagon , médecin de la fa-
culté de Paris , dans sa thèse du 25 janvier
1665 : *Ergo sudor sanguinis a natura vi.*
Et ensuite , *sed et sensibus facta fides est :
consecratam virginem , impurissimis sica-
riis ad eam corrumpendam advolantibus ,
stupri horrore , mundissimum sanguinem
è venis , sudoris specie , profudisse.* —Col-
lius (*tractat. de sanguine Christi , Medio-
lan.* 1617, *in-*4.), dit avoir appris de gens
dignes de foi , qu'en 1583 plusieurs personnes virent, en prison à Paris , un homme
qui suoit du sang. Grégoire Leti , dans sa
Vie de Sixte V, dit qu'un homme condamné
à la mort eut dans la nuit une très-grande
sueur de sang.—*Rosilius Lentilius ,* dans les
Ephémérides d'Allemagne , rapporte qu'un

jeune enfant, complice du même crime que
deux de ses frères condamnés à être pendus,
ayant été conduit à l'échafaud dans le tems
de l'exécution, sua du sang par tout le
corps. — Maldonat dit qu'un homme, ayant
ouï sa sentence de mort, sua du sang. —
Vigneul de Marville, tome 3, page 179,
parle d'une femme qui mourut à Paris d'une
sueur de sang si excessive qu'il ne s'en
trouva pas dans ses veines une seule goutte
après sa mort. M. de Thou (*Hist.* lib. 2)
rapporte que le Gouverneur de Montmartin
ayant été arrêté par Auguste, fils de Saluces, et menacé de mort, s'il ne rendoit sa
place, en fut tellement affligé qu'il sua sang
et eau. Enfin, voyez un cas très-extraordi-
naire arrivé à Gênes en 1703, rapporté par
Saporitius, médecin de Gênes, dans les
Ephémérides d'Allemagne de 1712, Centu-
rie 1ᵉ. Observ. 20. — Voyez aussi *Calmet*,
dans ses Dissertations sur la Bible, au tome
troisième.

158. Voici le sentiment du chevalier Newton sur la matière : « Il me paroît probable,
dit-il, que Dieu forma la matière de particules solides, dures, impénétrables et

mobiles , de telles formes , grandeurs et
autres propriétés , et en telle proportion à
l'espace , qu'elles tendoient le mieux à la
fin pour laquelle il les formoit. Ces particules primitives , étant solides , sont incom-
parablement plus dures qu'aucun corps po-
reux qu'elles composent ; elles sont tellement dures qu'elles ne peuvent jamais s'u-
ser ou se rompre , aucun pouvoir ordinaire
n'étant capable de diviser ce que Dieu a
fait un au tems de la création. Tant que ces
particules restent entières , elles peuvent
composer des corps de la même nature et
contexture dans tous les siècles ; mais si
elles pouvoient s'user ou se corrompre , la
nature des choses qui en dépendent viendroit à changer ; l'eau et l'air composés de
particules usées , de fragmens de particules,
ne seroient plus de la même nature et contexture que l'eau et l'air composés au commencement de particules entières ; il s'ensuit qu'afin que la nature puisse subsister
la même , les changemens qui arrivent dans
les choses corporelles ne doivent être attri-
bués qu'aux séparations diverses , aux nouvelles associations ou combinaisons, et aux
différens mouvemens de ces particules per-

manentes ; les corps composés étant sujets
à se corrompre , non au milieu de ces particules solides , mais là seulement où elles
sont unies ensemble , et se touchent en
quelques points. On peut assigner par-là
les raisons de la diversité des corps. Ainsi
les particules qui se touchent par des surfaces plus grandes, vu leur attraction mu-
tuelle , composent un corps très-dur ; des
particules qui ne se sont pas si fortement
attirées ou mêlées les unes aux autres composent un corps fragile et cassant (*brittle*).
Si elles se touchent l'une ou l'autre en de
moindres surfaces , alors le corps n'est pas
si dur que le corps cassant , mais il peut être
plus solide ; si elles se touchent seulement
sans être l'une sur l'autre, le corps est élas-
tique et revient à sa première forme ; si elles
sont posées ou glissées l'une sous l'autre ,
le corps est mol et se prête aisément aux
coups ; il est malléable , etc. ; si elles se
touchent à peine , le corps tombe aisément en poussière , en petits morceaux (*a*
crumbling body) ; si elles sont rondes ,
glissantes , et aisément agitées par la chaleur , elles forment un corps fluide ; si ces
particules ont une surface égale et sont ac-

crochées ou mêlées ensemble, alors elles
forment un corps flexible ou pliant, etc. etc.

159. Les bitumes, les soufres, lient les
terres aux métaux; les vitriols unissent les
métaux aux sels ; les cristallisations tien-
nent aux sels et aux pierres; les amianthes,
les lythophites, forment une sorte de liaison entre les pierres et les plantes; le polype
unit les plantes aux insectes ; le ver à tuyau
semble conduire aux coquillages et aux reptiles ; le serpent d'eau, l'anguille, forment
un passage des reptiles aux poissons; le
poisson volant, la macreuse, sont des mi-
lieux entre les poissons et les oiseaux; la
chauve-souris, l'écureuil volant, enchaînent les oiseaux avec les quadrupèdes ; le
singe donne la main au quadrupède et à
l'homme. Voyez N°. 87.

160. Les naturalistes et minéralogistes
n'ont pas fait de distinctions assez précises
entre plusieurs métaux naturels et factices
en usage dans la vie civile ; et il y a peu de
personnes qui ne fassent quelque méprise
dans la dénomination de ceux qui sont communément sous leurs yeux. Cela me déter-

mina un jour à m'appliquer à débrouiller
la confusion qui règne souvent à cet égard,
sur-tout dans les noms qu'on leur donne en
françois et en anglois : voici le résultat de
mes recherches.

Cuivre natif; *metallo-rubrum, Linnaeus.*
En anglois COPPER.

Cuivre jaune; airain, laiton ou leton,
χαλκός; anglois, BRASS : composé de cuivre
fondu avec la *pierre calamine,* qui lui com-
munique sa couleur jaune et sa dureté. Il
est malléable et plus dur que le fer. — Val-
mont de Bomare parle d'un *cuivre jaune*
natif très-estimé.

Bronze; métal factice, composé de vingt-
trois livres d'*étain* par cent livres de cuivre.
On en fait des cloches, des statues, des
médailles, etc. En anglois, BRONZE, *bell-
metal.*

Similor; en anglois, PRINCE's metal; six
parties de cuivre sur une de ZINC.

Etain; métal blanc comme l'argent; en
anglois, TIN : très-fusible, mol, flexible,

le plus léger des métaux, jamais employé
seul pour les ustensiles. L'ÉTAIN, en usage
pour assiettes, plats, cuillers, gobelets
(alors appelé en anglois PEWTER), est composé de cent livres d'*étain*, de quinze livres
de *plomb*, et de six livres d'*airain*. Outre
cette composition, il y en a d'autres où
l'on fait entrer l'*étain*, le *régule d'anti-
moine*, le *bismuth*, le *cuivre*, en différentes proportions.

FER-BLANC; feuilles de fer doux battu en
lames minces, et trempées ensuite dans
l'*étain* fondu. On en fait toutes sortes d'ustensiles de cuisine, boîtes à thé, etc. ; on
l'appelle abusivement en Angleterre TIN.

Pierre de CALAMINE, *zincum terrestre*,
colore flavescente, aut fusco ; *Linnaeus*,
Voyez N°. 87.

161. Le pont de Westminster contient
près du double des matériaux contenus
dans la Cathédrale de St.-Paul de Londres.
L'arche du milieu a soixante-seize pieds
d'ouverture. Il a coûté 218,800 livres sterling, et a été près de douze ans à bâtir;

St.-Paul en a coûté 736,800, et a été trente-cinq ans à bâtir. La moitié des matériaux est sous l'eau à marée basse.

162. Un Etat, pour être bien constitué, doit être composé de différens ordres de sujets. Si tous étoient d'une même classe, sans distinction de pouvoir, de rang ou de professions, il s'ensuivroit une anarchie, une confusion épouvantables. Chacun voudroit commander, nul ne voudroit travailler pour un autre ; et quel est l'homme qui puisse se suffire à lui-même, et qui ne soit obligé sans cesse d'avoir recours à plusieurs autres pour son entretien ? Un tel Etat seroit absolument imparfait, et ne pourroit pas subsister. — Si je veux remplir un bassin de balles rondes, je ne puis le faire avec des balles de la même grosseur ; il faudra bien qu'entre les interstices des plus grosses, je fasse entrer des balles de moindre grosseur ; celles - ci formeront entre elles des vides moins grands que je ne pourrois remplir qu'avec des balles plus petites ; ces dernières auront encore entre elles de petits interstices, où je serai obligé d'introduire des balles encore moindres, jusqu'à ce qu'enfin, je

vienne à employer des balles presqu'imper-
ceptibles, avant de réussir à remplir tous
les vides du bassin avec des balles rondes.
Cet exemple peut servir à faire comprendre
la nécessité d'employer différentes classes
d'hommes dans une gradation insensible et
suivie, pour composer un Etat parfait.

163. Le cœur, dit-on, n'est pas capable
d'admettre à la fois plus d'une grande
passion, mais on se trompe : le cœur peut
nourrir plusieurs passions, pourvu qu'elles
soient de différens genres. Un homme, il
est vrai, sera difficilement amoureux de
deux objets en même tems ; mais il pourra
être amoureux, colère, joueur, tout à la
fois ; et outre ces passions qui se trouveront
en son cœur, il pourra encore y avoir place
pour les sentimens de l'amitié, de l'huma-
nité, de la compassion, etc. On peut le
comparer à un verre d'eau. Cette eau ad-
mettra différens corps dans ses pores, sans
augmenter beaucoup son volume. Saturez
une certaine quantité d'eau, dans un tems
tempéré, avec trois onces de sucre ; quand
elle ne peut plus recevoir de sucre, il y
aura de la place pour deux onces de sel de

tartre ; vous y pourrez ensuite dissoudre une once et une dragme de vitriol vert, près de six dragmes de nitre, la même quantité de sel ammoniac, deux dragmes et un scrupule d'alun, et une dragme et un demi-scrupule de borax. Il est nécessaire d'agiter l'eau de tems en tems pour faciliter la solution. Voyez *Grew's Experiments of the Solution of Salts in Water*, et *Quincy's New Dispensatory*, *Introduction*, *page* xv, *note* 2. — La différente configuration des particules constituantes de chacun de ces corps fait que les unes trouvent successivement à se loger dans les interstices de l'eau, que les particules des autres corps n'ont pas pu pénétrer, à cause de leur configuration particulière. Il en est de même du cœur de l'homme; si les passions qu'il ressent ne sont pas directement contraires, elles peuvent subsister ensemble en lui, sans se choquer ou se détruire. Ainsi le même homme pourra être amoureux, emporté, joueur, et il sera encore bon ami, humain, compatissant, si son cœur est disposé à sentir ces différens effets, et il ne seroit pas difficile d'imaginer une situation où ils auroient lieu tous à la fois.

164. Le baron van Swieten, fils du célèbre médecin de la cour de Vienne, m'a
raconté que lorsqu'il étoit au collége, son
père exigeoit qu'il s'appliquât particulière-
ment à l'étude de la langue grecque; et afin
de l'y obliger davantage, il le faisoit corres-
pondre avec lui en grec. Une fois entre
autres le jeune homme, ayant besoin d'argent, avoit écrit à son père une belle lettre
en grec, où il exposoit que cet argent lui
étoit d'autant plus nécessaire qu'il devoit
un quartier à son maître de manége. Il arriva que le docteur van Swieten, qui étoit
Bibliothécaire de la bibliothèque publique
de Vienne, avoit été prié de collationner,
pour M. Meerman de la Haye, un manuscrit grec de Théodoret qui se trouve dans
cette bibliothèque. Ce M. Meerman compi-
loit alors la collection, qu'il a publiée depuis
à la Haye en 1771, sous le titre de *Novus
Thesaurus Juris civilis canonici*, en 7 t.
in-folio. Le docteur van Swieten copia et
collationna le manuscrit grec de Théodoret
pour son ami; et en le lui envoyant, laissa
par mégarde dans le même cahier la lettre
de son fils, dont il avoit été si content qu'il
avoit eu dessein de la conserver. Cette lettre

ne laissa pas d'embarrasser un peu l'érudition de Meerman ; cependant, ne doutant
pas que ce fût un fragment de Théodoret,
il la publia à la suite de l'ouvrage principal ; n'oubliant pas de mettre en note, par
manière de commentaire, que du tems de
la jeunesse de Théodoret, il y avoit déjà
des écoles vétérinaires et des maîtres de
manége. Le baron van Swieten me fit voir
cette lettre, qui est à la fin d'un des derniers
volumes. Quelques mois après me trouvant
chez le libraire De Gosse à la Haye, qui
avoit publié cet ouvrage, je me mis à plai-
santer sur la bévue singulière de cet éditeur :
« Ma foi, Monsieur, dit-il, cela ne me re-
» garde point ; voilà M. Meerman lui-
» même, qui vous en rendra compte. » En
effet, M. Meerman étoit là qui nous écoutoit.

165. Rien n'est plus extraordinaire que le
déguisement de l'abbé de Choisy en femme
pendant quelques années, et rien de plus
scandaleux que les aventures galantes qu'il
eut à la faveur de ce déguisement, dans une
province éloignée de Paris, et qu'il s'est permis de publier avec une impudence aussi

III.   N

licencieuse que criminelle. Il étoit homme
de condition, riche des revenus de l'Église,
et très-beau de visage. *Monsieur*, frère de
Louis XIV, à l'âge de douze ans, avoit eu
la fantaisie de s'habiller quelquefois en fille.
L'abbé de Choisy, à-peu-près du même
âge, eut aussi la même fantaisie ; sa mère
s'y prêta ; et comme il étoit souvent chez
Monsieur, on prenoit plaisir à les habiller
tous deux en filles, et les faire paroître ainsi
aux théâtres et dans quelques cercles. Cela
fit dans l'esprit de l'abbé de Choisy, vers
l'âge de dix-huit ans, de vivre dans une
province éloignée de Paris, à Bourges en
Berry, déguisé en femme. Il prit seulement
avec lui deux domestiques affidés, fut s'é-
tablir à Bourges, sous le nom de la comtesse
des Barres, jeune et riche veuve. Il prit une
belle maison, plusieurs domestiques, fit les
meilleures connoissances parmi la Noblesse
de la ville et des environs, et abusa ainsi
de quelques jeunes Demoiselles de condition et autres, que les mères lui confioient
de bonne foi pour passer quelque tems avec
une Dame qui paroissoit propre à les ins-
truire dans les usages du grand monde.
L'abbé de Choisy étoit parent de MM. d'Ar-

genson; et voici ce que l'un d'eux dit de
lui, dans son ouvrage intitulé : *Loisirs
d'un Ministre*, pages 89, 90, tome second.

« Un des manuscrits que m'a laissés l'abbé
» de Choisy, mon cousin, contient son his-
» toire, sous le nom de la comtesse des
» Barres...... En le lisant, on croira cette
» histoire tout-à-fait invraisemblable ; je
» puis pourtant certifier qu'elle est très-
» véritable. Le vieux Abbé, long-tems après
» avoir écrit la vie de David, de Salomon,
» des histoires édifiantes, l'Histoire de l'É-
» glise, me contoit encore ces folies avec
» un plaisir indicible. »

166. On peut ajouter au contraste de
l'abbé de Choisy, entre ses écrits et sa
conduite, les exemples du cardinal du Perron et du cardinal de Richelieu. Le premier
paroissoit fort zélé pour faire des prosély-
tes parmi les Protestans ; il écrivoit de savans
livres de controverse contre eux, il prêchoit sans cesse sur la perfection de la religion Catholique, Apostolique et Romaine,
et n'en est pas moins mort d'une maladie
honteuse pour tout homme, encore plus

pour un Prêtre. C'est Guy Patin, son contemporain, qui nous l'apprend, et dit le
tenir de bonne part, sans doute de quelque
médecin son confrère. Le même Patin parle
de trois maîtresses qu'avoit eues le cardinal
de Richelieu, dont une étoit sa nièce,
Marie de Vignerot, duchesse d'Aiguillon ;
l'autre, la femme du maréchal de Chaul-
nes frère du connétable de Luynes ; et la
troisième, Marion de l'Orme, si célèbre
par sa beauté, entretenue par l'infortuné
de Cinqmars, par le maréchal de la Meille-
raye, et par plusieurs autres, avant que
d'avoir été au Cardinal. Ce même cardinal
de Richelieu a eu pourtant aussi le zèle de
faire des conversions, et a écrit un in-folio
sur la controverse. Vittorio Siri a parlé de
Marion de l'Orme dans son Mercure his-
torique.

167. On regarde les Rois de France comme
étant majeurs à 14 ans, et cela a toujours
subsisté depuis l'ordonnance de Charles V,
roi de France ; mais on doit plutôt dire que
leur majorité est déclarée lorsqu'ils entrent
dans leur 14me. année : aussi Louis XIII,
Louis XIV, Louis XV, ont été déclarés majeurs à treize ans et un jour.

168. Protagoras maintenoit que tout étoit illusion, qu'il n'y avoit rien de vrai au monde; mais Aristote réfutoit sa proposition par le dilemme suivant : Cette proposition est vraie, ou elle est fausse; si elle est fausse, on ne doit point y ajouter foi ; si elle est vraie, il y a donc quelque chose de vrai au monde, et par conséquent la proposition est fausse. *Vide* No. 163.

169. Les Pères et les savans Théologiens qui ont soutenu que les Païens et autres infidèles seroient damnés, n'en ont pas jugé ainsi, par la raison qu'ils n'auroient pas cru en Jésus-Christ, puisque la foi est un don de Dieu, et que S. Paul a dit (Rom. 2, v. 12) : Comment croiront-ils, si on ne leur prêche l'Évangile? Mais ils ont pensé que les Païens seroient condamnés pour les péchés qu'ils auroient commis, auxquels leur infidélité n'ajouteroit rien d'aggravant, mais seulement les priveroient du moyen par lequel leurs péchés pourroient être effacés, qui est la foi en Jésus-Christ, et les conditions dont elle doit être accompagnée. Voyez section 9 ; et Clarke, 2e. partie, proposition 13, section 10.

179. Plusieurs écrivains des premiers siècles de l'Église chrétienne se sont donné
beaucoup de peine pour chercher dans les
écrits de Platon des passages applicables
au dogme de la Trinité ; et parmi les modernes, Ficin, Mornay, Vivès et autres,
les ont suivis en cela. Mais ces derniers
n'ont pas bien jugé du but des Pères de
l'Église ; ce qu'ils avançoient étoit moins
pour appuyer le dogme de la Trinité, par
le témoignage d'une autorité aussi respectable pour les Païens que Platon, que pour
combattre les objections que leur faisoient
Celse, Porphyre et Julien, qui traitoient
d'absurde une telle opinion. Ils travailloient
à leur faire voir que leur plus grand philosophe avoit eu sur la Divinité des opinions qui
ressembloient assez à celle dont ils se mo-
quoient. Quelques-uns, mais peu, ont été
plus loin peut-être, et ont soutenu sérieu-
sement que Platon, en voulant traiter de la
nature de Dieu, avoit distingué trois personnes dans la Divinité, et ils citoient
l'*Epinomis* et l'Épître à *Hermias* pour cela.
Dans l'*Epinomis* (tome 2, page 916, édition
de Serres), Platon parle du Νῦν ἱκανὸν ἔχοντα
ἡγεῖσθαι, qu'ils appliquoient à Dieu le Père :

le passage suivant du même endroit, ξυνα
ποτελῶν κόσμον, ὃν ἔταξε ΛΟΓΟΣ ὁ πάντων θειότατος
ὁρατὸν, étoit appliqué au Verbe, ou à Dieu
le Fils ; et le Saint-Esprit, selon eux, étoit
désigné par, καὶ τρίτον, ὡς μὲν ὀνόματι φράζειν ἔκ
ἐςὶ, διὰ τὸ μὴ γιγνώσκεσθαι. Le passage tiré de
la conclusion de l'Épître à *Hermias*, est au
tome troisième de la même édition. Τὸν τῶν
πάντων Θεὸν ἡγεμόνα, τῶν τε ὄντων καὶ τῶν μελλόντων,
τῶ τέ ἡγεμόνος καὶ αἰτίῃ πατέρα, κύριον ἐπομνύντας,
étoit appliqué au Père et au Fils. Mais il ne
faut que lire avec attention ces deux passages, et sur-tout celui de l'*Epinomis*, pour
s'apercevoir, par ce qui précède et ce qui
suit, que Platon n'avoit nullement dans
l'idée de parler de la Trinité. Ceux qui l'ont
prétendu ont été entraînés par un zèle outré, ou bien égarés par un faux jugement.
Voyez N°. 164.

171. Lorsque j'étois à Turin, en 1780, il
se passa une scène fort extraordinaire dans
une église. C'étoit dans le Carême, vers le
commencement de février, tems où les jours
sont courts. Un Prédicateur fort à la mode,
qui prêchoit de longs sermons, s'étendit un
jour, après-dîner, si bien sur son sujet (qui

étoit de la repentance), qu'il y avoit une
heure qu'il faisoit nuit avant qu'il eût terminé
son discours. A peine avoit-il fini, qu'un
de ses auditeurs éleva la voix, et demanda
à être entendu. On prête aussitôt silence;
et cet homme continuant, dit, que le saint
homme qui venoit de prêcher avec tant
d'onction, avoit fait une si vive impression
sur lui, misérable pécheur, qu'il avoit résolu de changer entièrement de vie; et pour
donner une preuve de sa parfaite contri-
tion, il vouloit s'accuser publiquement de
tous ses crimes. Il avouoit donc hautement
qu'étant avocat de sa profession, il avoit
abusé de la confiance de ses cliens pour les
tromper, en vendant leurs intérêts à leurs
parties adverses; il s'accusoit aussi d'avoir
été mauvais fils, mauvais mari, mauvais
père; et après avoir fait l'énumération d'une
longue suite de crimes, il conclut par vouloir donner une preuve convaincante de la
sincérité de son repentir en se nommant,
et dit qu'il étoit l'avocat tel, demeurant à
tel endroit. Il achevoit à peine, qu'une autre
voix s'écria qu'il mentoit impudemment,
et que c'étoit lui qui étoit l'avocat tel, qu'il
n'avoit à se reprocher aucune des choses

qui lui étoient aussi calomnieusement imputées. Il pria que l'on arrêtât le coquin qui venoit de parler, afin de le faire punir du tour sanglant qu'il avoit voulu lui jouer; mais ce fut en vain : le mauvais plaisant n'avoit pas plutôt entendu sa voix qu'il s'étoit échappé ; et malgré toutes les recherches que l'on fit, on ne put jamais découvrir qui il étoit.

172. Théodore de Bèze est mort à Genève en 1605. Il s'étoit marié trois fois. Voici quatre vers qu'Étienne Pasquier fit sur ce sujet :

> Uxores ego tres vario sum tempore nactus,
> Cum juvenis, tum vir, factus et inde senex :
> Propter *opus* prima est validis mihi juncta sub annis,
> Altera propter *opes*, tertia propter *opem*.

173. L'espace est relatif comme le tems : le premier est l'ordre des choses coexistantes ; le tems est un ordre de successions. *Vide* N°. 136.

174. Tous les voyageurs en Amérique s'accordent à dire qu'il existoit un usage assez ridicule dans le pays de Darien : lors-

qu'une femme étoit accouchée, le mari se
mettoit au lit, les voisins et les voisines
venoient le visiter et soigner, pendant que
la pauvre femme se levoit pour vaquer aux
affaires du ménage. Cela paroît peut-être
moins extraordinaire parmi les peuples
dont les usages étoient si différens des
nôtres. Mais on croira à peine que la même
coutume ait subsisté chez une nation civi-
lisée ; et cependant Joseph Scaliger nous
apprend que, dans le Béarn, province mé-
ridionale de la France, lorsque la femme
est accouchée, elle va tirer la charrue, et
le mari se met au lit; il est vrai qu'il ajoute
que, de son tems, cela ne se faisoit plus.
— *Scaligerana,* edit. 1695, page 51. Bayle
(article *Tibaréniens*), parle de ce peuple,
des Corses et des anciens Espagnols, comme
ayant autrefois pratiqué le même usage ; il
cite là-dessus Strabon, lib. 3, page 114 :
voyez aussi Colomiez, Mélanges, p. 25 ; et
Diodore de Sicile, lib. V, ch. 14.

175. La démonstration la plus complète
de la mission divine de Jésus Christ est dans
la doctrine qu'il prêchoit, appuyée de ses
miracles. Cette doctrine ne renfermant rien

qui ne soit très-digne des idées que nous pouvons avoir des attributs de Dieu, et étant
très-propre à établir le bon ordre et la justice parmi les hommes, et les miracles de
Jésus-Christ venant à l'appui de cette doctrine, il paroît aussi certain que Jésus-Christ
avoit une mission divine pour l'établir, qu'il
est certain que Dieu ne peut avoir voulu jeter les hommes dans une erreur invincible
et nécessaire. En raisonnant ainsi, l'on ne
peut pas être accusé de tomber dans un
cercle vicieux, comme l'ont prétendu quelques critiques ; car, dans ce cas, les miracles
ne sont point du tout prouvés par la doctrine ; mais on maintient seulement que la
pureté et la sainteté de la doctrine sont une
condition nécessaire, pour que cette doctrine puisse être prouvée par les miracles,
en sorte que ce sont les miracles qui prouvent la doctrine, et non la doctrine qui
prouve les miracles. Mais afin que les miracles puissent prouver la doctrine, il faut
nécessairement supposer que cette doctrine
est, par sa nature, capable d'être prouvée
par les miracles. La doctrine n'est pas,
premièrement, supposée être vraie, et les
miracles prouvés par elle ; mais il est requis

seulement qu'elle soit digne des idées que
que nous avons de l'Être Suprême; et alors
les miracles servent à prouver que cette
doctrine vient de lui.

176. Voici la chaîne des propositions par
lesquelles Clarke a si bien prouvé l'existence
et les attributs de Dieu.

Quelque chose a existé de toute éternité.

De l'absolue impossibilité qu'il puisse y
avoir eu une succession éternelle d'êtres
dépendans, existans dans une cause primitive et indépendante, on conclut l'existence éternelle d'un Être *immuable* et *indépendant*.

Cet *Être immuable* et *indépendant* doit
exister par lui-même, c'est-à-dire, *exister
nécessairement* : puis donc que la raison
ou le fondement de l'existence, plutôt que
la non-existence de l'*Être*, qui ne tire son
existence d'aucune autre chose hors de lui,
doit nécessairement être en lui-même, et
qu'il y auroit de la contradiction à supposer
que sa propre volonté fût la raison de son

existence comme cause efficiente , il faut
que l'absolue nécessité , en tant que cause
formelle ou positive , soit le fondement de
cette existence. Cette nécessité , au reste ,
est antécédente à l'existence de l'Être lui-
même , non quant au *tems,* mais *en ordre
de nature.* Voyez le Nᵘ. 134.

Il est impossible que nous puissions comprendre la substance ou l'essence de l'*Être
Suprême.*

Cependant plusieurs des attributs essen-
tiels de sa nature se peuvent démontrer ri-
goureusement , comme :

1°. Qu'il doit nécessairement être *éternel.*

2ᵒ. Qu'il doit nécessairement être *infini*
et *présent partout.*

3°. Qu'il faut nécessairement qu'il soit *un.*

4°. Que l'Être existant par lui-même , et
la cause première de toute chose , doit être
un *Être intelligent.*

5°. Que l'Être existant par lui-même, et
la cause première de toutes choses , n'est

pas un agent nécessaire, mais agit avec
choix et *liberté*.

6°. Qu'il doit être *tout-puissant*.

7°. Qu'il doit être *infiniment sage*.

8°. Qu'il doit être infiniment *bon*, infiniment *juste*, infiniment *vrai*, etc., etc.
Voyez N°. 134.

177. De même que Timée de Locres, Platon présente d'abord deux causes. Timée
avoit appelé l'une *intelligence*, et l'autre,
contrainte ou *nécessité*. Platon nomme la
première, l'Être toujours *le même* ou immuable; et la seconde, l'Être toujours *autre*
ou changeant : c'est le nom qu'il donne aux
deux substances, Dieu et la matière; en
sorte que quand Platon parle du *même* ou
de *l'autre*, il entend toujours parler de
Dieu ou de la *matière*. Voltaire fait donc
voir beaucoup d'ignorance ou de la mauvaise foi, quand il prétend tourner en ridicule ce que Platon dit du *même* et de
l'autre, sans expliquer préalablement ce
qu'il entendoit par ces expressions.

178. Melchisedech, selon toute apparence, a été le même que Sem, second fils de Noé. Il est introduit sous ce nom, qui signifie en hébreu, Roi de Justice, pour servir de type à Jésus-Christ. Voyez le Psaume 110, et l'Épitre aux Hébreux, ch. 7. Il étoit Roi de Salem, qui fut ensuite Jérusalem. Lorsqu'il est dit n'avoir eu ni père ni mère, ni commencement ni fin; cela doit s'entendre relativement à sa dignité de Grand-Prêtre du Très-Haut, qu'il n'avoit point par succession, et qu'il n'a point transmise à d'autres; d'où vient qu'il est nommé Grand-Prêtre pour toujours, savoir, dans le registre perpétuel et sacré des Écritures-Saintes.

Ce grand homme ne peut avoir été autre que Sem, que je dis avoir été second fils de Noé, quoiqu'il soit toujours nommé le premier : mais Moïse appelle positivement Japhet, l'*aîné*. — Voyez le ch. 10, v. 21 de la Genèse, dans le texte Hébreu et dans les Septante. Japhet, comme l'aîné, avoit droit à la primogéniture; mais Dieu en disposa autrement, et, par la bouche de Noé, donna la première bénédiction à Sem, qui se véri-

fia ensuite dans ses deux parties, par l'ex-
pulsion des fils de Chanaan de leur héritage
par la postérité de Sem, père des Juifs; et
par l'accession des Gentils (descendus de
Japhet), à la religion de Christ. (Genèse,
ch. 9, v. 25 et 26). Le déluge est arrivé l'an
du monde 1656, et Sem a vécu 502 ans après
cette époque; il a donc été pendant 166 ans
contemporain d'Abraham. Il devoit être regardé alors comme le Patriarche du monde :
ce ne pouvoit être qu'à un aussi respectable
et aussi éminent personnage, qui étoit établi successeur de Noé, qu'Abraham pouvoit se croire tenu à offrir le dixième des
dépouilles des Rois qu'il avoit vaincus ;
Héb. ch. 7. D'un autre côté, Melchisedec,
comprenant, par la protection que Dieu
venoit d'accorder à Abraham, qu'il devoit
hériter des mêmes faveurs dont avoient joui
ses ancêtres ; lui transmet la bénédiction
qu'il avoit reçue de Noé, dans le même sens
qu'il l'avoit eue.

Les trois Targums, ou paraphrases des
Juifs, s'accordent à dire que Salem est
Jérusalem; celles de Ben-Uziel et de Jéru-
salem, disent aussi que Sem est Melchise-

dech, appelé ici par son titre de Roi de justice. S. Jérôme et quelques autres Pères de
l'Église ont été de la même opinion. Voyez
ce sujet traité à fond par Robert Fleming,
nouvelle édition, page 501.

179. Un Évêque d'Irlande , père d'une
Dame de qualité , ayant , en 1753 , passé
quelques jours chez lord Darlingthon à la
campagne, et prenant congé de lui le soir,
lord Darlingthon lui dit qu'il devoit aller
le lendemain à une ville voisine, pour y recevoir quinze cents liv. sterling. L'Évêque
lui demanda s'il ne craignoit pas d'être volé ;
lord Darlingthon lui répondit qu'il n'avoit
aucune crainte à cet égard, étant toujours
muni d'un mousquet bien chargé ; là-dessus
ils se séparèrent, et l'Évêque partit à cheval
de grand matin. Quelques heures après,
lord Darlingthon , étant prêt à monter en
chaise , son domestique lui rapporte le
mousquet, l'avertissant que , quoiqu'il fût
sûr de l'avoir chargé la veille, il avoit été
fort surpris , en le visitant , de voir qu'il
avoit été déchargé , sans qu'il pût découvrir
qui pouvoit l'avoir fait. Après quelques recherches inutiles à ce sujet , le mousquet

fut chargé de nouveau. En revenant au
château, lord Darlingthon est arrêté sur
la route par un homme à cheval, le visage
couvert d'un crêpe noir, qui, le pistolet à
la main, lui demanda son argent ; sur quoi
lord Darlingthon, feignant de le chercher,
prend son mousquet, et lui brûle la cervelle.
Cela fait, il descend de la chaise avec son
valet-de-chambre ; mais quel fut son étonnement, en examinant le visage du voleur,
de reconnoître en lui l'Évêque qu'il avoit
logé, et dont il s'étoit séparé la veille ! Il
défendit à ses domestiques de faire jamais
mention de ce fatal événement ; et avertissant à la barrière prochaine, il laissa là le
soin de le faire enterrer. Le domestique ou
le postillon ne gardèrent apparemment pas
le secret, car la chose fut bientôt divulguée ;
et tout ce que l'on put dire de plus favorable pour le défunt, fut, qu'il avoit peut-
être voulu s'amuser en faisant peur à lord
Darlingthon : mais, si tel étoit son dessein,
il se trouva la victime de sa mauvaise plaisanterie.

180. Les mots *Axiome* et *Maxime* ne
doivent pas être employés indifféremment

l'un pour l'autre, comme on le fait quelquefois. Le premier s'applique particuliè-
rement aux sciences exactes, aux arts, et
en métaphysique ; il signifie un principe
général déjà établi, une vérité indubitable,
généralement reconnue, une proposition,
dont la vérité se fait connoître d'elle-même,
sans qu'il soit nécessaire de la démontrer.
Maxime est une pensée sentencieuse, une
vérité reconnue en morale, et exprimée
avec une briéveté énergique.

181. Bussy disoit fort bien (Lettres, t. 5,
p. 126) : « Le tems raccommode toutes choses ; on ne meurt malheureux que faute de
vie. Le maréchal d'Estrées, qui est mort
riche à cent ans, seroit mort ruiné s'il n'en
eût vécu que quatre-vingts ».

182. Locke a donné la meilleure définition de l'*esprit*. Il consiste, dit-il, à distinguer en quoi les objets qui diffèrent se
ressemblent ; et le *jugement,* en quoi les
objets qui se ressemblent, diffèrent.

183. On ne connoît point en Angleterre
l'usage de solliciter les Juges. Cependant,
au préjudice de ce respect pour l'équité,

la belle duchesse d'Hamilton, trouvant lord
Northington à la Cour, le pria de vouloir
bien être présent à la Chambre des Pairs le
jour que l'on devoit juger définitivement le
procès de son fils contre l'héritier du duc
de Douglas. Lord Northington s'excusa de
ne pouvoir le faire, en disant qu'il n'avoit
point suivi cette cause, et n'avoit point entendu les plaidoyers de part et d'autre ; et
comme, malgré cette raison, elle continuoit à le presser, il lui dit, en la regardant
fixement : « Madame la Duchesse, vous
» êtes bien belle ; je serois bien aise de pé-
» cher *avec* vous, mais je ne puis pas pé-
» cher *pour* vous ».

· 184. Pour les Juifs et les Chrétiens, la
preuve de la matérialité de l'âme des bêtes,
est dans le vingt-quatrième verset du premier chapitre de la Genèse : ויאמר אלהים
תוצא הארץ נפש חיה למינה. *Et dixit Deus,
Producat terra animam viventem ad spe-
ciem suam,* etc. « Que la terre produise
les âmes vivantes des bêtes selon leurs espèces ». Et de même au verset 20 du même
chapitre : *Producant aquae reptile animae
viventis, et volatile super terram, sub fir-*

mámento cœli, pour les poissons et les oiseaux. Voilà donc l'essence spécifique de
la substance, qui anime les bêtes, expres-
sément déterminée par la parole de Dieu,
qui fait voir que ces âmes sont purement
matérielles, comme produites de la terre,
de l'air et des eaux.

185. On sait que monsieur Edgeworth,
prêtre Irlandois, fut choisi par l'infortuné
Louis XVI pour le confesser et l'exhorter
à la mort. Ce digne Ecclésiastique vivoit
alors à Paris avec sa mère et sa sœur. Voici
une lettre que cette dernière écrivit à une
amie, le 10 février 1793, sur ce funeste
événement.

« De quel crime la France vient-elle de
se rendre coupable? Qui auroit jamais cru
qu'elle fût arrivée à cet excès ! Jour de
douleur et d'affliction ! de ma vie je ne
l'oublierai. Il fut doublement tel pour moi,
par mes inquiétudes et mes alarmes mor-
telles pour celui qui m'est si cher. Le Roi,
prévoyant quelle seroit sa fin, lui fit demander, quelque tems auparavant, s'il
pourroit compter sur lui ; que, s'il ne s'en

sentoit pas la force, il lui indiquât au moins
quelqu'un. Vous jugez qu'il regarda cette
demande comme un ordre pour lui. Quoiqu'il ne m'en dît rien, j'en avois un pres-
sentiment qui me tourmentoit. Sentant tous
les dangers auxquels il alloit être exposé,
il mit ordre à ses affaires avec sa tranquil-
lité ordinaire; je ne l'ai su que depuis. Afin
de ménager notre sensibilité et la sienne,
il ne nous fit point ses adieux, pensant
qu'ils pourroient être les derniers; mais il
pria notre voisine de nous dire cette nouvelle assommante, lorsqu'il seroit parti.
Elle eut beau prendre des détours, je de-
vinai tout de suite la chose. Nous le ca-
châmes cependant à ma mère jusqu'au lendemain, lui faisant accroire qu'il étoit allé
passer la nuit auprès d'un malade. Le soir
du 20 janvier on vint le prendre chez lui,
et on le conduisit à un Comité, où il fut
présenté, toisé, questionné s'il vouloit entreprendre la redoutable fonction. De là
il fut conduit à la triste et sombre demeure
du plus innocent et du plus infortuné de
tous les hommes.

» Qui pourroit dire dans quelles angois-
ses j'étois, de le savoir renfermé par cent

verroux et entouré de milliers de tigres ? Il
y passa la nuit et entendit les derniers
adieux, ou plutôt les cris, les hurlemens
de douleur de cette famille inconsolable,
capables de fendre un cœur de rocher. Encore s'ils avoient pu se voir seuls ! mais
non, les gardes ne les perdoient pas de
vue. Le Roi rentra auprès de mon ami, lui
dit, « Qu'à la vérité ce moment-là étoit terrible ; » et dans l'instant il reprit son cou-
rage et son calme imperturbable, causa sur
différentes choses, sur-tout de l'Église de
France ; demanda des nouvelles de plusieurs de ses dignes pasteurs, témoigna la
plus vive sensibilité de la générosité des
Anglois envers eux, et tout cela avec un
sang froid et une présence d'esprit qui
étonnèrent mon ami. Après quoi, il lui dit
qu'il falloit parler d'une affaire plus im-
portante pour lui. Mon ami pensa qu'il y
avoit quelques préparations à lui faire faire :
il n'étoit pas besoin de lui en parler, tout
étoit prêt. Le Testament sublime en est une
preuve : il s'y est glissé une faute dans
l'impression ; c'est le mot *discipline* au lieu
de *doctrine,* qui est dans l'original. Ensuite
le roi se coucha et dormit quelques heures.

Sachant que l'exécuteur devoit lui couper
les cheveux, et voulant l'éviter, il demanda
le matin un perruquier : on le lui refusa.
Mon ami lui proposa de demander la messe ;
il goûta cela avec plaisir, mais ne crut pas
pouvoir l'obtenir. Mon ami l'alla proposer
au Conseil, séant dans le même lieu ; ils en
furent étonnés, firent des difficultés, et
puis des réflexions sur les conséquences de
l'hostie. Mon ami leur aplanit toutes les
difficultés : « S'il faut un Prêtre, je le suis ;
s'il faut des ornemens, vous les trouverez
à la première Chapelle ; et quand à l'hostie,
ce sera vous qui la fournirez. » Enfin, ils
y consentirent, en lui disant d'écrire ce
qu'il lui falloit ; que pour eux, ils n'en sa-
voient rien. Il dit donc la messe, qui fut
servie par le fidèle Cléry, et communia le
Roi : après quoi il se retira avec mon ami,
dans un cabinet, dont les murs n'étoient
seulement pas couverts de papier. Quelqu'un
frappa à la porte ; « Voilà qu'on vient me
chercher, » dit-il d'un air tranquille : c'é-
toit pour lui dire quelque chose ; il rentra.
On frappe une seconde fois ; c'étoit pour
lui annoncer le fatal moment. Il regarda à
sa montre : « En effet, dit-il, c'est là

l'heure, » Il monta d'un pas ferme dans la
voiture, avec mon ami et deux fusiliers; il
avoit un livre à la main, il dit ses prières
tout le long du chemin. Arrivé auprès de
l'échafaud, il dit : « Nous voilà arrivés; »
et recommanda qu'il n'arrivât rien à mon
ami. Celui-ci lui donna la main pour monter. Le Roi marcha avec un air intrépide
jusqu'à l'autre côté; c'est de là qu'avec une
voix de tonnerre il fit entendre cette terrible vérité : « Prêt à paroître devant Dieu,
» je viens déclarer, pour la dernière fois,
» que je suis innocent des crimes dont on
» m'accuse; je désire qu'on n'impute pas à
» la Nation française celui qui va se com-
» mettre ; il ne l'est que dans quelques-
» uns : j'espère que Dieu le leur pardon-
» nera, comme je le fais de tout mon cœur.»
Il continuoit de parler, lorsque Santerre,
craignant peut-être qu'il ne fît impression,
ordonna aux tambours de battre; alors le Roi
se tut. On lui coupa les cheveux; il défit lui-
même son col. On voulut lui lier les mains,
mais il s'y opposa : les bourreaux insistèrent,
il y en avoit quatre ; et mon ami craignant
quelque violence, lui dit : « Sire, c'est en-
» core un sacrifice que vous avez à faire,

» pour avoir un nouveau trait de ressem-
» blance avec votre divin modèle.».Le Roi,
à l'instant se laissa lier comme un agneau...
Je ne peux achever ; c'est avec des larmes
de sang que je dis qu'il n'est plus : ce prodige de force , de patience , ce héros chrétien est allé recevoir la récompense de ses
vertus. Mon ami se tint toujours auprès de
lui. Il reçut ses derniers soupirs , et il n'est
pas mort de douleur , il ne s'est pas même
évanoui ; il eut même la force de se mettre
à genoux , et de ne quitter que lorsque ses
habits furent teints du sang de cette tête
sacrée que l'on promenoit sur l'échafaud
aux cris de vive la Nation ! etc. »

_ A cette lettre j'ajouterai celle que M. Edgeworth lui-même écrivit à un de ses amis
en Angleterre , un mois avant l'horrible
catastrophe du massacre de Louis XVI.

Paris , 21 December 1792.

« You are undoubtedly surprised , my
dear and honoured friend , that , whilst the
Clergy of France are flocking to England
for shelter and support , I should remain
here admist the ruins of this afflicted , per-
secuted Church. Indeed I have often wished

to fly to that land of true liberty and solid
peace, and to share with others of your
hospitable board, where, to be a stranger
and in distress is a sufficient title. But Al-
mighty God has baffled all my measures,
and ties me down to this land of horror by
chains which I am not at liberty to shake
off. The case is, the *malheureux Maître*
charges me not to quit the country, for
that I am the person whom he intends to
prepare him for death, if the iniquity of
the Nation should commit that last act of
cruelty and parricide. I prepare myself for
death, for I am convinced that popular
rage will not allow me to survive one hour
after that tragic act; but I am resigned.
My life is of no consequence : the preser-
vation of it, or the shedding of my blood,
is not connected with the happiness or mi-
sery of millions. Could my life save him,
*qui positus est in ruinam et resurrectionem
multorum*, I should willingly lay it down,
and should not then die in vain : *fiat vo-
luntas tua !* Receive this unfeigned assu-
rance, perhaps for the last time, of my
respect and affection for you, which I hope
even death shall not destroy. » No. 118.

. 186. Chrysippe, le premier, a dit que le
cochon avoit un âme en guise de sel, pour
l'empêcher de pourrir ; et Cicéron (*de Nat.
Deor. lib.* 2) a appliqué ce mot aux hommes
stupides et sots ; Philon Juif en a dit autant
des poissons. Clément d'Alexandrie, Strom.
lib. 7, pag. 304, attribue cette idée à
Cleanthe, Διὸ καὶ Κλεάνθης φησὶν, ανϑ᾽ ἁλῶν αὐτὸς
ἔχειν την ψυχὴν, ἵνα μὴ σαπῇ τα κρέα. *Animam eis
pro sale datam, ne putrescant.* L'âme leur
tient lieu de sel. Voyez encore le même Clément d'Alexandrie, Strom. lib. 2, p. 174; et
Plutarque, Sympos. lib. v, quæst. 10. —
Pline, Hist. Natur. lib. viii, cap. 51. *Philo
Judaeus, de opificio mundi, p.* 10.

187. Rien de plus étonnant en mécanique,
que la manière dont les obélisques d'Egypte
ont été tirés des carrières et transportés à
Rome. Pline, lib. 36, cap. 9, nous en a trans-
mis quelques particularités. Quand le grand
obélisque fut taillé, afin de l'enlever de la
carrière, on creusa en-dessous un fossé
assez profond et presque aussi large que
toute la longueur de l'obélisque, en sorte
qu'il posoit par les deux bouts sur chaque
côté du fossé. Depuis ce fossé jusqu'au

Nil, on creusa ensuite un canal, où l'on
fit couler les eaux de ce fleuve ; on chargea
ensuite deux grands bateaux de pierres, au
point de les faire baisser à fleur d'eau, et on
les conduisit sous l'obélisque. Alors on dé-
chargea peu-à-peu les bateaux, lesquels,
à mesure que leur charge diminuoit, s'éle-
voient sur l'eau, et soulevoient l'obélisque,
qui fut ainsi transporté à Alexandrie, et
de là au port d'*Ostia*. On voyoit encore du
tems de Pline à *Ostia*, un des vaisseaux sur
lesquels Auguste avoit fait amener à Rome
par le Tibre, le grand obélisque de la place
de St. Pierre. Claude César en coula un
autre à fond, à l'embouchure du Tibre,
pour fermer une partie du port, et le rendre plus sûr.

188. Quand le livre intitulé *les Liaisons
dangereuses* parut en Angleterre, il fut lu
avec avidité. On croyoit y trouver les mœurs
de ce qui s'appeloit alors la bonne compagnie à Paris. Malheureusement on n'y voit
pas un seul caractère intéressant par sa
vertu, et le Héros et l'Héroïne du roman
sont des monstres abominables. Un jour
après dîner, chez le prince de G**, un des

convives s'avisa de dire que l'on ne trou-
veroit pas en Angleterre un caractère tel
que celui de la marquise de Merteuil, qui
joue le principal rôle de femme dans cet
ouvrage; un autre dit qu'il connoissoit bien
une Dame de qualité qui lui ressembloit,
mais qu'il ne vouloit pas la nommer; un
second, un troisième, dirent la même chose;
le Prince ajouta que lui aussi en connoissoit une, et proposa que chacun écrivît
celle à laquelle il pensoit : on le fit, et lorsque l'on vint à comparer les billets, il arriva
que tous avoient nommé la même personne.

189. Loin d'admettre que les Juifs ne
croyoient point à l'immortalité de l'âme et
à la résurrection, on peut prouver très-
bien qu'ils ont toujours eu une croyance
saine sur ces deux points importans, qui
sont le fondement de toute religion.

Environ 300 ans avant Jésus-Christ, un
certain Antigone commença à enseigner
que l'on ne devoit point servir Dieu par
l'appas des récompenses, mais seulement
par crainte et par amour. Deux de ses disciples, Sadoc et Baithus, inférèrent de là

qu'il n'y avoit ni peines, ni récompenses
après cette vie, et par conséquent ni résurrection, ni état à venir ; Sadoc eut beaucoup de disciples, et forma ainsi la secte
des Saducéens. Cette secte, la moins nom-
breuse de celles qui divisoient les Juifs,
devint cependant considérable, parce que
plusieurs familles riches, et des personnages d'un rang distingué, y étoient attachés.
Jean Hyrcan, Grand-Prêtre, étoit Saducéen ; Alexandre Jannée, son fils, favorisa
cette secte ; Caïphe, qui condamna Jésus-
Christ, étoit Saducéen, ainsi qu'Ananus,
qui mit à mort St. Jacques ; mais c'étoit
néanmoins une nouvelle secte et peu nom-
breuse, ayant du crédit, à cause du rang
et des richesses de ceux qui la soutenoient.

En réfléchissant sur tous les passages de
la loi et des Prophètes, qui ont du rapport
à l'immortalité de l'âme et à la résurrection,
on est convaincu que les Juifs admettoient
cette doctrine. A commencer par le passage
de l'Exode, ch. 3, v. 6, où Dieu dit à
Moïse : Je suis le Dieu d'Abraham, le Dieu
d'Isaac, le Dieu de Jacob ; on ne peut pas
douter du sens dans lequel il doit s'en-

tendre, après que Jésus-Christ l'a précisément déterminé (1). Les Saducéens voulant
l'embarrasser, l'interrogent pour savoir auquel des sept frères qu'une femme avoit eus
pour maris, elle appartiendroit après la
résurrection ? Il leur répond : N'avez-vous
pas lu ces paroles, que Dieu vous a dites :
« Je suis le Dieu d'Abraham, le Dieu d'I-
saac, le Dieu de Jacob ? » Or, Dieu n'est
point le Dieu des morts, mais des vivans.
Ils ne répliquèrent rien à cela ; et les Pharisiens, qui croyoient à la résurrection, se
réjouirent de la manière dont Jésus-Christ
avoit fermé la bouche à leurs adversaires.
En effet, ces paroles ainsi expliquées,
signifioient dans tous les tems que les âmes
de ces saints Patriarches vivoient quoique
séparées de leurs corps, espérant une nouvelle vie dans la réunion de l'âme et du
corps à la résurrection.

Les Juifs recevoient le livre de Job comme
un livre canonique, et il étoit lu dans leurs
synagogues, avec le même respect que les

_____

(1) Math. 22, v. 32. — Marc 12, v. 26. — Luc 20, v. 37. —
St. Paul *ad Hebr.* ch. 11, v. 13, *seq.*

autres livres de la Bible. Ils entendoient souvent ce passage remarquable du 9ᵉ. chapitre, où ce saint homme s'écrie au verset 25, 26 et 27 : « Je sais que mon Rédemp- » teur est vivant, et que je ressusciterai de » la terre au dernier jour ; que je serai en- » core revêtu de cette peau ; que je verrai » mon Dieu *dans ma chair;* que je le ver- » rai, dis-je, moi-même, et que je le con- » templerai de mes propres yeux. » Peut-il être rien de plus clair que ces expressions ? Les traducteurs des Septante, le traduc- teur de la Version arabique, et celui de la Vulgate, ajoutent à la fin du livre de Job : « Il est écrit que Job doit vivre avec ceux que Dieu ressuscitera. » Ils croyoient donc à la résurrection.

Dans le chapitre troisième de la Genèse, il est dit que « Dieu fit l'homme à son » image, et qu'il souffla en lui l'esprit de » vie, qui est l'âme. » Peut-on hésiter à croire que ce ne fût qu'une substance im- mortelle ? Autrement, comment faudra-t-il entendre que l'homme ait été formé à son image ?

Les fréquentes injonctions, faites aux

III.   P

Juifs par Moïse et les Prophètes, de se bien
garder d'évoquer les morts, de consulter
les âmes des morts, prouve encore que cette
doctrine d'une autre vie étoit établie parmi
eux. Sans rapporter ici les injonctions de
Moïse, écoutons celle d'Isaïe, ch. 8, v. 19:
« Et lorsqu'ils vous diront : Consultez les
» magiciens et les devins ; répondez-leur :
» Chaque peuple ne consulte-t-il pas son
» Dieu ? Va-t-on parler aux morts de ce qui
» regarde les vivans ? » Témoin encore la
Devineresse d'Endor, I. Rois, ch. 28, v.
11 et suiv., consultée par Saül. Si Saül
n'eût pas été persuadé que l'âme de Samuel
vivoit, eût-il pressé la Devineresse de l'é-
voquer ? Cette superstition, tellement en-
racinée dans l'esprit des Juifs, que, malgré
les défenses de Moïse, Isaïe étoit obligé de
les renouveler, ne prouve-t-elle pas qu'ils
ont toujours cru à l'existence de l'âme après
la séparation du corps ?

Les Psaumes de David sont remplis d'expressions faisant allusion à l'immortalité de
l'âme et à la résurrection. Quelques-unes
sont aussi clairement énoncées que dans
le passage de Job allégué ci-dessus. Au

Psaume 16, v. 9, 10, 11, le Psalmiste dit :
« Tu ne laisseras point mon âme dans l'en-
» fer, et tu ne souffriras point que ton
» Saint soit sujet à la corruption ; tu m'as
» fait connoître le chemin de la vie, tu me
» rempliras de joie devant ta face, je goû-
» terai à ta droite des délices sans fin ; » et
dans le Psaume 49, v. 16 et 17 : « Tout
» l'appui sur lequel les méchans se con-
» fioient, sera détruit dans l'enfer, après le
» tems de leur gloire ; mais Dieu rachetera
» et délivrera mon âme de la puissance de
» l'enfer, lorsqu'il m'aura pris en sa pro-
» tection. » St. Pierre (1) applique ce passage à la résurrection de Jésus-Christ, mais
il se rapporte aussi à la résurrection générale.

L'Ecclésiaste n'est pas moins positif, au
ch. 11, v. 9. « Sachez, dit-il, que Dieu
» vous fera rendre compte en son jugement
» de toutes ces choses ; » et au ch. 12, v.
14 : « Dieu fera rendre compte, en son ju-
» gement, de toutes les fautes et de tout le
» bien et le mal que l'on aura fait. »

_____

(1) Act. 2, v. 27.

Daniel , ch. 12 , v. 2 , dit clairement :
« Et la multitude de ceux qui dorment dans
« la poussière de la terre , se réveilleront ;
» les uns, pour la vie éternelle ; et les autres
» pour un opprobre éternel, qu'ils auront
» toujours devant les yeux. » Voyez aussi
Isaïe , ch. 26 , v. 19 ; et Osée , ch. 13,
v. 14.

La vision du Prophète Ezéchiel , au 37°.
chapitre , présente un tableau frappant de
la résurrection ; mais , comme on applique
aussi cette vision à la restauration des Juifs
à la cité sainte , et que j'ai déjà assez allégué
de passages pour établir la thèse en question , je me dispense de la rapporter en
preuve sur ce sujet.

Je conclus par inviter le lecteur à par-
courir le 11°. chapitre de l'Epître de St. Paul
aux Hébreux ; on y verra que cet Apôtre
maintient que les Patriarches se regardoient
comme passagers ici-bas, et qu'ils aspiroient
à la félicité d'une autre vie (1). Certainement St. Paul , si savant dans la doctrine

---

(1) St. Paul aux Hébreux, ch. 11 , v. 13 , 14, 15, 16 et suiv.

des Juifs, doit être regardé comme le meilleur juge de ce qu'ils croyoient ou non ; et il est étonnant que l'on veuille lui opposer le sentiment de quelques Rabbins ignorans. Voyez aussi les Actes des Apôtres (1), ch. 23, v. 6 et suivans.

190. M. Stewart Mackenzie m'a raconté que, lorsqu'il étoit à Paris, en 1743, il y avoit alors à St.-Germain un abbé Irlandois, qui se rappeloit très-bien avoir été présent, lorsque Charles I, roi d'Angleterre, fut décapité le 30 janvier 1649 (il y a aujourd'hui, le jour que j'écris, cent cinquante ans). Cet Abbé avoit alors, en 1739, cent quatre ans ; il avoit donc, ce jour mémorable, quatorze ans ; aussi avoit-il été si vivement frappé de toutes les circonstances de cette tragique journée, qu'il n'en avoit

(1) Et St. Paul, sachant que le Conseil étoit composé en partie de Saducéens et de Pharisiens, s'écria : Hommes frères, je suis Pharisien, fils de Pharisien ; c'est à cause de l'espérance que j'ai de la résurrection des morts que je suis appelé en jugement. A ces mots, la division se mit entre les Saducéens et les Pharisiens, et l'assemblée fut partagée ; car les Saducéens disent qu'il n'y a ni résurrection, ni anges, ni esprits, au lieu que les Pharisiens reconnoissoient l'un et l'autre.

oublié aucunes circonstances , et les dé-
crivoit avec beaucoup d'intérêt. Le roi
Louis XV , en ayant entendu parler , fut
curieux de le voir , et l'envoya chercher. Il
ne voulut se servir d'aucune voiture ; et
quoique Versailles soit à 12 milles de St.-
Germain , il y fut à pied , vit le Roi , et revint à son gîte le même jour.

191. La politique s'acquiert moins par
l'étude que par l'observation des personnes
et des circonstances.

192. Tous les Grands ne sont pas grands
Seigneurs, mais tous ont les mêmes défauts,
à quelques exceptions près ; celui de croire
que tout leur est dû , n'est pas le moins général et le moins dominant. De là cette in-
gratitude dont ils paient ordinairement les
services qu'ils reçoivent. Le sentiment de
leur importance , profondément inhérent
en eux , les porte à croire qu'ils font beaucoup d'honneur à leurs inférieurs, en les
admettant à leur familiarité , même quand
ils ont besoin d'eux , et cette distinction leur
semble plus que suffisante. Un homme a-t-il
des talens qui leur soient utiles , ils cher-

chent à se l'attacher par un salaire , ou en
lui procurant quelque emploi lucratif; mais
ce dernier moyen n'est adopté que lorsqu'ils
ne peuvent faire autrement , de crainte de
le rendre indépendant. Encore une fois ,
excepté un très-petit nombre , c'est la règle
générale parmi les Grands. J'en ai produit
quelques exemples dans le cours de mes
Mémoires ; je n'ai cependant pas tout dit ;
j'ai voulu épargner ceux mêmes dont j'avois
à me plaindre. Mais, si par modération j'ai
usé d'indulgence pour les individus , je ne
vois pas pourquoi je ne présenterois pas
dans son vrai jour une classe d'hommes aussi
considérable dans la société , à laquelle ,
malgré tous les inconvéniens, ceux qui sont
dépourvus des biens de la fortune , sont
obligés de dévouer leurs talens. Ces réflexions peuvent servir aux uns , en ins-
truisant les autres ; et les traits que je puis
citer , sans nommer les personnages, met-
tront sur leur garde ceux qui manquent
d'expérience , et feront rougir en eux-
mêmes ceux qui se reconnoîtront dans les
tableaux que je vais tracer.

Il en est un , avec qui je passois une bonne
partie de mon tems. Il m'aimoit et préfé-

roit ma compagnie à celle de tout autre.
J'eus en trois occasions le bonheur de lui
rendre des services assez considérables, dont
le prix ne pouvoit s'évaluer en argent; il
m'en offrit cependant, quoiqu'avec modération, mais je le refusai constamment. Son
crédit à la Cour et auprès des Ministres lui
eussent facilité les moyens de reconnoître
les obligations qu'il m'avoit d'une manière
plus délicate, plus digne de lui et plus efficace pour moi ; mais il avoit ses raisons
pour n'en rien faire. Quel fut mon étonnement un jour, lorsqu'il me dit en grande
confidence : M. D**, vous savez que je
n'aime pas un tel (c'étoit un homme qui
vivoit depuis plusieurs années dans sa famille); hé bien, j'ai obtenu pour lui un
bon emploi, afin de m'en défaire honnête-
ment. Eh ! qu'en dites-vous ? On sent aisément que je ne lui dis pas tout ce que je
pensois d'une confidence aussi extraordinaire.

Le fils de ce même grand Seigneur me
dit un soir tout naïvement : « Je n'approuve
pas trop la maxime de mon père ; il me disoit ce matin : Mon fils, servez ceux que

vous voulez éloigner de vous ; quant à ceux qui vous sont utiles et agréables, faites-leur du bien modérément pour les tenir dans la dépendance ; car si vous les mettez en état de se passer de vous, ils vous quittent, et vous les perdez.

Un autre, chargé d'affaires importantes, obtint du Gouvernement la permission de rester oisif, et de me nommer son député. Pendant dix-huit mois que dura cette commission, je ne reçus aucun appointement, quoique les siens fussent considérables. Quand j'eus rempli l'objet en question, le Secrétaire d'Etat, dans le département duquel j'avois travaillé, me dit : Nous sommes contens de vous, il faut que vous le soyez de nous ; demandez une gratification, j'en parlerai au Roi. Je répondis, que je ne demanderois que mes déboursés, et je parlai de 500 liv. sterling : — Ce n'est pas assez, dit le Ministre, demandez-en mille, et revenez dans trois jours. Très-satisfait de cette réception, je la communiquai à mon principal. Que fit-il ? Il réfléchit que si l'on me donnoit cette somme, le Roi pourroit remarquer qu'il eût été mieux de l'épargner

en omettant le député. Il court chez le Ministre, l'assura que 5oo liv. sterling étoit
assez pour moi, que j'étois fort modéré, et
que je m'en contenterois. En effet, lorsque
je retournai au bureau, le premier commis
me dit : Je suis bien fâché de ce qui est arrivé ; mais Lord ** est venu ici jeter du
froid sur la bonne intention du Ministre
pour vous, en sorte que vous n'aurez que
les 5oo liv. sterling que vous aviez deman-
dées d'abord. Je sentis vivement la perfidie
de ce procédé ; cependant, je n'ai jamais
donné à connoître à Lord ** que j'eusse été
instruit de son indigne démarche.

Quoique dans une sphère plus circons-
crite, je me suis trouvé une fois dans le cas
de rendre un service essentiel et agréable
à l'un des premiers Seigneurs du Royaume.
Cinq ou six ans après il devint premier Ministre, je passai plusieurs fois à sa porte,
je me fis écrire ; je repassai, point de nouvelles. Quand il cessa d'être à la tête des
affaires, il alloit souvent à pied dans les
rues et chez les libraires ; je le rencontrois
quelquefois, et je dois lui rendre la justice
de dire *qu'il me faisoit l'honneur de m'ôter*

son chapeau ; il m'arrêtoit pour me demander comment je me portois, et *ne manquoit pas d'être ravi ,* quand je lui disois
que je me portois bien. Environ quinze ans
s'écoulèrent ainsi : il eut encore besoin de
moi , et me fit prier de dîner chez lui ; mais
la chose qu'il désiroit étant faite, nous en
revînmes aux coups de chapeau , et aux
complimens dans les rues. Je ne dis point
de quelle nature étoit le service que je lui
rendis, pour ne pas le donner à connoître.

Je pourrois citer d'autres traits aussi frap-
pans que ceux dont je viens de faire mention;
mais je ne veux pas m'arrêter plus long-tems
sur un sujet aussi désagréable. Ajoutez à
ces traits ceux que j'ai rapportés dans le
cours de mes Mémoires. Rappelez-vous ensuite ce que j'ai dit de la conduite de M. de
Mackenzie à mon égard, de sa franchise,
de la noblesse de ses sentimens, et vous
aurez en lui la seule exception que je puisse
faire à la règle générale que j'ai voulu établir.

193. Juvenal a fort bien dit : .... *Plu-
rima sunt quae non audent homines pertusâ
dicere laenâ.*

J'en ai fait souvent l'épreuve. Combien
de fois n'ai-je pas vu, dans un cercle d'hommes d'un rang supérieur, un pauvre diable
hué, bafoué pour des observations très-bien
accueillies quand elles venoient d'une source
plus élevée ! Il m'est arrivé d'avoir été con-
tredit, raillé même, pour avoir avancé une
proposition, que j'ai entendu louer ensuite
dans la bouche d'un Grand. Bien plus, après
avoir été quelquefois relevé brusquement
pour avoir donné une opinion, qualifiée
alors de ridicule, j'ai été étonné de voir
peu de tems après mon critique, qui n'a-
voit pas sans doute bonne mémoire, se parer
devant moi de cette même opinion, et la
défendre avec chaleur. Je résolus un jour
de m'assurer si je ne me trompois point à
cet égard. La révolution françoise, ses causes et ses effets, étoient souvent mis sur le
tapis dans une société du grand monde, où
je vivois beaucoup. J'avois beau dire sur ce
sujet, rien n'étoit approuvé ; toutes mes
idées étoient combattues, souvent avec dé-
dain. J'imprimai, dans le plus grand secret,
un petit ouvrage que j'intitulai, *Nouveaux
Intérêts de l'Europe depuis la Révolution
Françoise*, dans lequel j'avois rassemblé

ces mêmes idées. Je me le fis envoyer par
mon libraire, comme une nouveauté, en
présence de mes deux antagonistes les plus
décidés dans la conversation. Ils le lurent :
l'un dit, qu'il trouvoit cette brochure parfaite, admirable, qu'il n'avoit rien lu sur
ce sujet qui l'eût plus éclairé ; qu'il étoit
étonné que l'auteur pût être si bien informé ;
l'autre qui étoit un Ministre étranger très-
respecté, en dit autant ; et tous deux con-
clurent par désirer vivement de connoître
l'auteur. Après les avoir tenus quelque tems
en suspens, je me nommai. Rien ne peut
égaler leur surprise ; ils se regardèrent l'un
et l'autre, et confirmèrent assez foiblement
leur approbation de l'ouvrage, sans pour
cela avoir jamais témoigné depuis plus d'é-
gard pour mes opinions.

194. Il est une expression fort originale du
docteur Johnson, que je ne puis traduire
en françois d'une manière qui me satisfasse,
et qui rende bien son idée. Vers les dernières
années de sa vie, la mort lui ayant enlevé
plusieurs amis, il faisoit de nouvelles connoissances, *to keep friendship in repair*,
disoit-il. Ce que l'on pourroit offrir de mieux

pour le traduire , seroit, *pour réparer les
ruines de l'amitié;* mais il n'y a ici ni le sel,
ni la précision de l'expression du docteur
Johnson.   ٭

195. Boileau Despréaux se trouvant mal
servi à table , chez un homme qui , pour
trancher du grand Seigneur, avoit un page,
mais peu de laquais, lui dit : Monsieur ,
donnez-nous la monnoie de votre page. En
suivant cette idée, je dirois volontiers que
plusieurs bonnes connoissances font la monnoie d'un ami ; j'ai même observé que , le
plus souvent, il vaut mieux avoir la monnoie que la grosse pièce. Si l'on considère
l'utilité que l'on peut retirer d'un ami, elle
ne doit point se comparer à celle que l'on
peut éprouver de la part d'un certain nombre de bonnes connoissances ; car, suppo-
sant la meilleure volonté dans un ami , il
arrive souvent que, dans un cas urgent, ses
moyens de vous servir seront bornés , au
lieu , que plusieurs bonnes connoissances
réunies peuvent faire ce qu'un seul ami ne
pourroit. Quant à l'agrément dans la société, on conviendra qu'il est plus ordinaire de
le trouver dans un cercle de connoissances

bien choisies que dans le tête-à-tête d'un
ami, qui, à la longue, ennuie et est ennuyé.
De plus, l'amitié, strictement telle, exige
un entier dévouement de part et d'autre ; au
lieu que les simples connoissances exigent
moins, et se peuvent cultiver, en alliant
la convenance avec l'agrément selon que
le cœur ou l'esprit vous en disent pour le
moment. J'en appelle à celui même qui seroit d'abord disposé à m'accuser d'avancer
un paradoxe ; qu'il déclare sincèrement s'il
a un véritable ami, dans le sens que l'on
doit l'entendre, et si celui à qui il prodigue
ce beau nom, n'est pas plutôt une bonne
connoissance qu'il cultive plus ou moins
selon son intérêt ou son plaisir, et qu'il
négligera, tôt ou tard, selon sa fantaisie.
La preuve en est dans l'abus même de cette
appellation que l'on donne à vingt ou trente
à la fois, quoique cela soit absolument contraire à l'idée et à la définition de l'amitié ;
et cet abus est plus remarquable en Angleterre, où le mot d'ami (*friend*) est souvent
donné à ceux que l'on traiteroit à peine ailleurs de simples connoissances. J'en reviens
à mon assertion ; vingt bonnes connoissances font la monnoie d'un ami, fût-il *sterling*;

je préfère la monnoie à la grosse pièce, si
tant est qu'elle existe, et que ce ne soit pas
comme la *livre sterling*, qui est idéale, et
n'est point en circulation.

196. Il n'est guère possible d'avoir des
détails plus authentiques sur ce qui regarde
le prince Alexis, que ceux qui m'ont été
donnés par un Seigneur Russe, très-lié avec
le maréchal Romanzow, fils du Général
employé pour faire arrêter ce malheureux
Prince.

Le Seigneur Russe, dont je parle, m'a
raconté, qu'étant allé à *Schoenborn*, faire
visite au Comte de ce nom, il le conduisit
à un petit château, qu'il avoit près de sa
terre, où il lui fit voir l'appartement dans
lequel le prince Alexis avoit vécu long-tems
caché, après s'être éloigné de la Cour de
son père, Pierre Iᵉʳ.

Ce même Seigneur m'ajouta, qu'il tenoit du maréchal Romanzow, que le czar
Pierre, ayant résolu de faire revenir le Prince
son fils en Russie, et sachant qu'il s'étoit
retiré dans quelque partie des États de l'em-

pereur Charles VI, avoit écrit à ce Prince
(en 1717), pour le prier de permettre que
le général Romanzow pût voir son fils,
quelque part où il fût, afin de le persuader
de revenir à sa Cour; promettant de ne pas
insister sur son retour, s'il refusoit de venir.

L'Empereur, qui s'étoit bien attendu à
cette demande, avoit déjà conseillé au prince
Alexis de se retirer à Naples, et l'avoit fort
recommandé au Vice-Roi de ce Royaume,
alors sous sa domination. Ainsi, lorsque le
général Romanzow vint à s'acquitter de sa
commission, il reçut pour réponse que le
prince Alexis n'étoit pas dans les États de
la maison d'Autriche. Il sollicita alors un
ordre de l'Empereur, à tous les Gouverneurs
de ses États en Italie, pour donner à ce Général la permission de voir le prince Alexis,
s'il se trouvoit dans les places de leur commandement. Avec cet ordre, il parcourut
le Milanois, toute la Lombardie, mais en
vain : il fut à Naples, et n'eut d'autre réponse, sinon que l'on ne savoit où étoit le
Prince.

Un jour que le général Romanzow s'entretenoit en langue russe avec des personnes

III.   Q

de sa suite devant un barbier qu'il avoit fait
venir, le barbier témoigna quelque étonnement dont le Général lui demanda la raison.
Il répondit qu'il ne comprenoit pas un mot
de la langue qu'ils parloient, mais que ce
qui l'avoit surpris étoit qu'elle lui sembloit
la même que celle d'un grand Seigneur
étranger qu'il alloit souvent raser au *Castel
del Uovo.* Le Général, frappé de ce qu'il
entendoit, continua à l'interroger, et lui
ayant fait quelques présens, apprit du barbier, qu'un jeune Seigneur, dont il lui dé-
crivit la personne, étoit servi avec beaucoup
de respect par plusieurs hommes de sa suite,
et menoit une vie très-retirée et cachée au
Castel del Uovo ; et cet homme donna de
tels renseignemens sur tout ce qui regardoit
le prince Alexis, que le Général n'eut pas
le moindre doute que ce ne fût lui. Il fut
aussitôt chez le Vice-Roi, et lui ayant fait
voir de nouveau l'ordre de l'Empereur, et
l'ayant assuré qu'il étoit convaincu que le
prince Alexis étoit au *Castel del Uovo,* il
obtint la permission de le voir, aux conditions spécifiées dans la lettre de Pierre Ier.
à l'Empereur. Il vit donc ce malheureux
Prince, qui d'abord refusa de retourner à

Pétersbourg. Le général Romanzow gagna
à force de présens une femme qui vivoit avec
le Prince, et qui avoit beaucoup d'influence
sur lui ; et par ce moyen on parvint à persuader au Prince de retourner à Pétersbourg,
où l'on sait quelle fut sa destinée.

197. La famille des *Jocelyns*, est des plus
anciennes qu'il y ait en Angleterre ; un de
leurs ancêtres y vint de Normandie avec
Guillaume - le - Conquérant ; et ils s'y sont
toujours distingués : ils sont Comtes de Roden en Irlande. Je n'en parle ici que pour
faire mention d'une particularité fort remarquable, c'est que depuis plus de 500 ans
ils possèdent en *Hertfordshire* la Seigneurie
de *Hyde-Hall;* ils ont toujours eu de père
en fils les mêmes fermiers, qu'ils traitoient
si bien, que plusieurs fois ces fermiers,
d'un commun accord, les ont invités à augmenter le taux de leurs fermes. Le présent
lord Roden (en 1802) m'a dit lui-même que
cela étoit arrivé une fois à son père, et,
qu'au moment où il parloit, ses fermiers venoient de lui faire la même offre.

198. Georges III, Roi d'Angleterre, le
meilleur des Rois et le plus populaire, a

manqué trois fois d'être assassiné. Une fois
par une femme dont l'esprit étoit dérangé.
Le Roi, qui s'aperçut que cette femme étoit
folle, fut le premier à recommander qu'on
ne lui fît aucun mal, et qu'on eût soin
d'elle. L'autre, pendant qu'il alloit au Parlement en grand cortége, une balle, que
l'on conjectura venir d'un fusil à vent, passa
à travers son carrosse à un doigt de son visage ; lord Westmoreland et lord Onslow,
qui étoient dans le carrosse avec Sa Majesté,
paroissant fort agités, il leur recommanda
d'être tranquilles ; et comme on lui proposoit, au retour, d'aller dans un autre carrosse, et de prendre un autre chemin, il
n'en voulut rien faire, disant, que cette
même Providence qui l'avoit protégé en allant, le protégeroit bien en revenant. La
troisième fois fut au spectacle. Au moment
que le Roi, en entrant aux acclamations de
l'assemblée, lui en témoignoit sa sensibilité
en saluant, un coup de pistolet, tiré du
parterre, se fit entendre, et la balle, passant à côté du Roi, fut percer le plafond de
la loge. Tous furent alarmés, excepté le
Roi ; et le soir, en se couchant, il dit à la
Reine : « Je me sens fatigué, et je crois

qué je dormirai bien. Plaise à Dieu, que celui qui m'a tiré le coup de pistolet, puisse dormir d'un aussi bon sommeil que moi ? »

199. Je voyois souvent le comte de Viry, Ambassadeur du roi de Sardaigne, qui avoit épousé une Dame Angloise d'un grand mérite et d'un esprit rare : il étoit fils de celui qui avoit été Secrétaire d'État à Turin ; il possédoit toute la confiance du Roi son maître, et jouissoit de la considération et des distinctions les plus flatteuses à la Cour de France, où il étoit Ambassadeur, quand tout-à-coup il fut rappelé d'une manière disgracieuse, au grand étonnement de tout le monde. Sa chute occupa quelque tems les politiques, et donna lieu à beaucoup de conjectures. Comme j'ai été dans le cas d'approfondir cette affaire, et d'être instruit de toutes les circonstances, je vais dire ce que j'en sais.

Le marquis d'Aigue-Blanche étoit alors Secrétaire d'État pour les affaires étrangères à la Cour de Turin ; c'étoit un homme incapable de bien remplir une telle place, fort au-dessus de son talent et de son génie. Le marquis de Rosignan, qui étoit de ses amis, le défendoit ainsi : On se trompe sur le compte du marquis de d'Aigue-Blanche, en voici la raison : Il a de l'esprit comme six, et veut paroître en avoir comme dix ; mais, comme on ne trouve point en lui les dix qu'il veut montrer, on ne lui tient point compte des six qu'il a. Quoi qu'il en fût, le marquis d'Aigue-Blanche se trouvant élevé à ce poste par la faveur du Roi, prit pour son premier commis un certain d'Wuy, homme rusé, adroit, qui, s'étant lié avec le comte de Viry, lui écrivoit toutes les semaines, et l'informoit secrètement de toutes les mesures du Gouvernement, dont il relevoit les bévues sans aucun ménagement. Le comte de Viry fut assez imprudent pour répondre à d'Wuy sur le même ton de censure des fautes du Roi et de son Ministre, en prenant la précaution cependant de recommander à d'Wuy de brûler ses lettres ; celui-ci lui disoit qu'il les avoit brûlées, mais il n'en faisoit rien. On a supposé qu'ils avoient eu dessein, tous les deux, de perdre le marquis d'Aigue-Blanche, et que d'Wuy, en particulier, prévoyant que le comte de Viry lui succéderoit, gardoit ses lettres pour le gouverner ensuite, par la crainte qu'il

n'en fît usage contre lui, la personne du
Roi et sa capacité y étant traitées avec le
dernier mépris. Tous les amis du marquis
d'Aigue-Blanche qui connoissoient le caractère d'Wuy, lui conseilloient d'être sur
ses gardes, et l'avertirent de quelques exac-
tions dont il s'étoit rendu coupable; en sorte
qu'après avoir pris l'avis du Roi, d'Wuy fut
arrêté, et ses papiers saisis et apportés au
Marquis, qui les porta sur-le-champ au
Roi. Je laisse à penser quelle fut la confusion du Roi et de son Ministre, quand ils
se virent traités si cavalièrement dans cette
correspondance. Le comte de Viry fut aussitôt rappelé, sans pouvoir se douter du sujet. Il apprit en même tems que d'Wuy
étoit arrêté; mais, dans la persuasion où
il étoit que ses lettres étoient brûlées, il
demanda la permission de venir à Turin se
justifier. Le Roi envoya au-devant de lui
son Secrétaire du Cabinet, qu'il rencontra
à Suze. Là, ayant trouvé l'ordre d'aller chez
le Gouverneur, il s'y rendit; le Gouverneur
et le Secrétaire lui dirent, de la part du Roi,
qu'il étoit le maître de continuer sa route
pour aller rendre compte de sa conduite,
mais que ce seroit devant un tribunal dont

le jugement seroit exécuté à la rigueur. Il persista à soutenir qu'il ne se sentoit nullement coupable, et qu'il se proposoit de se rendre à Turin. Alors on lui produisit toutes ses lettres à d'Wuy; et le Secrétaire du Cabinet lui déclara, que s'il vouloit être justifié et jugé, le Roi étoit résolu de laisser le cours libre à la Justice; mais que, s'il se reconnoissoit coupable, Sa Majesté, voulant bien user de clémence envers lui, lui permettoit de se retirer dans son château à Viry. Le Comte alarmé n'osa pas courir le risque d'être trouvé criminel de lèze-majesté; il réclama la clémence du Roi, rebroussa chemin, et commença à bâtir à Viry pour rendre le lieu de son exil plus supportable. Quelques mois après, je passai à Chambéry avec M. de Mackenzie, qui alloit à Naples; et madame de Viry vint l'y trouver, espérant qu'à son passage à Turin il pouvoit rendre service à son mari; mais il trouva que cela étoit inutile, et n'osa pas trop s'en mêler. Les lettres du comte de Viry avoient ouvert les yeux au Roi sur l'incapacité du marquis d'Aigue-Blanche; cependant, voulant le ménager, il lui envoya le cardinal des Lances, pour l'engager à demander sa démis-

sion. Le Marquis se fit tirer un peu l'oreille ;
mais, obligé de céder, il se soumit, et se
retira. Le comte de Perron fut mis à sa
place, rétablit l'ordre, qui avoit été bou-·
leversé sous le Ministère précédent, et fit
voir bientôt, par une administration sage
et ferme, de quelle conséquence est le choix
d'un habile Ministre pour le bonheur des
peuples.

200. Quand on est au milieu de Londres,
dont la population seule égale celle de quelques États souverains d'Italie et d'Allemagne, et que l'on visite en observateur at-
tentif, le port, la douane, la bourse et les
grands atteliers, on découvre aisément la
source des richesses publiques et particulières de l'Angleterre. Le commerce et les
manufactures y attirent l'or et l'argent de
l'Amérique et des nations de l'Europe moins
industrieuses. L'agriculture y est encoura-
gée de manière à assurer au cultivateur le
débit de ses denrées au-dedans et au-dehors,
sans que le pays courre jamais le risque d'en
voir augmenter le prix au préjudice de ses
habitans. Une loi sage accorde une récompense à ceux qui exportent les blés, lorsque

ils sont à un certain prix dans les marchés publics. L'exportation vient-elle à en faire hausser la valeur, le Gouvernement vigilant la fait cesser ; outre que le cultivateur, ne recevant le prix proposé dans les tems d'abondance pour l'exportation, trouve plus commode et plus avantageux de vendre son blé chez lui que de le porter ailleurs.

201. Le docteur Letsom fut arrêté un jour par un voleur de grand chemin, qui lui témoigna un vrai regret de se trouver dans la nécessité de faire un si vilain métier. « Si cela est, » dit le Docteur, en lui donnant sa bourse, « et que vous vouliez » avoir de la confiance en moi, venez me » trouver demain ; nous concerterons en- » semble sur les moyens de vous faire par- » courir une autre carrière. » Le jeune homme va le lendemain chez le docteur Letsom, qui, après avoir causé avec lui, lui dit : « Seriez-vous d'humeur à servir » dans l'armée ? Le jeune homme répondit qu'il ne demandoit pas mieux. Le Docteur employa ses amis, lui procura une commission ; il se distingua dans le service, et mourut glorieusement en combattant pour sa patrie.

202. Philautos est généreux par boutades, libéral par vanité, charitable pour se débarrasser d'un sentiment pénible, que la misère excite en lui. Il admire un vice brillant ; la vertu lui fait pitié ; il s'engoue pour un roué.

203. On annonce Archonte dans un cercle ; il entre, la tête levée, l'air fier, d'un pas ferme et rapide ; il mesure avec hauteur ceux de la compagnie qui n'ont pas l'honneur de lui être connus. Il garde le silence, crainte de se compromettre. Tous les yeux sont fixés sur lui, car, à la plus belle figure, il joint l'air le plus noble ; et le sentiment profond qu'il a de sa grande naissance et de son rang, fait paroître cet air naturel en lui. Bientôt on le voit s'humaniser, il prend un air riant, caressant même pour ceux qu'il a dessein de distinguer, et finit par gagner les cœurs de ceux qui ne le voient qu'en public, et qui le trouvent très-aimable. C'est ainsi que je le jugeai d'abord ; mais un homme, assis à côté de moi, ne me permit pas de rester long-tems dans cette opinion. Vous voyez Archonte, dit-il, d'un œil trop favorable ; il n'est rien de ce qu'il

paroît être. Il a femme et enfans, et il en
est le tyran. Il est magnifique en tout ce qui
regarde sa personne, et d'une avarice ex-
trême pour tout ce qui regarde les autres.
Il dépensera des sommes considérables pour
rebâtir et meubler son hôtel, en même tems
qu'il refusera cent louis pour un de ses enfans dans le besoin. Son front se déride ici ;
mais si vous pouviez le voir chez lui sans
en être vu, vous le trouveriez sombre, fa-
rouche, terrible dans sa colère avec ses domestiques, mécontent de tout, méfiant,
n'aimant que sa personne, à laquelle il
rapporte tout.

204. Lorsque je repassai par Turin, il
étoit question d'un fait assez singulier qui
venoit d'arriver, et que je ne puis m'empêcher de rapporter.

Le dernier jour du Carnaval de 1783, une
Dame de Vigevano, place forte en Piémont sur les bords du Tesin, voulant donner un bal le Mardi-Gras, avoit prié le
Gouverneur de lui envoyer quelques soldats pour maintenir l'ordre chez elle. Le
Gouverneur lui envoya quatre grenadiers

du régiment de la Reine , auxquels cette
Dame fit présent d'un écu chacun , après
les avoir bien régalés pendant la nuit.

Les grenadiers, échauffés par le vin qu'ils
avoient bu , et se trouvant en argent, firent
la partie d'aller passer à Milan le reste du
Carnaval , qui duroit alors en cette ville jusqu'au samedi suivant. Aussitôt dit, aussitôt
fait , et sans considérer la conséquence de
leur démarche , qui n'étoit rien moins
qu'une désertion , ils passent le Tesin avec
leurs armes , et se trouvent dans le Milanois, alors infesté de troupes de bandits.
Ils marchèrent pendant toute la journée ,
et vers les quatre heures après-midi , aper-
cevant une ferme , ils demandèrent à être
reçus pour y passer la nuit. La fermière
leur fit bon accueil , leur dit que son mari
étoit allé avec son fils vendre son blé au
marché voisin , qu'elle espéroit qu'il seroit
bientôt de retour, qu'en attendant, elle les
prioit de se retirer dans la grange , et que
dès le moment qu'il seroit arrivé , elle ne
doutoit pas qu'il n'allât les chercher et ne
fût bien aise de leur donner à souper. Les
grenadiers se prêtèrent de bonne grâce à

cet arrangement ; et le fermier, revenu du marché, et instruit par sa femme, va trouver ses hôtes, les fait entrer chez lui, et les traite de son mieux avec la plus grande cordialité. Vers la fin du souper on entend un grand bruit dans la cour ; la fermière monte en haut, regarde par la fenêtre, et descend toute alarmée, s'écriant : Nous sommes perdus, les bandits sont ici ; ils auront su que mon mari a vendu son blé, et ils sont douze ou quinze dans la cour, menaçant d'enfoncer la porte, si on ne leur ouvre aussitôt. Les grenadiers prennent leur parti sur-le-champ : Brave homme, dirent-ils, ne craignez rien. Vous nous avez bien reçus, nous vous protégerons. Avez-vous des fusils ? J'en ai deux, répond le paysan. Eh bien, prenez-en un, donnez l'autre à votre fils, nous avons les nôtres ; et que votre femme ouvre la porte quand nous donnerons le signal que nous sommes prêts à tirer. Cependant, les coups à la porte et les menaces redoubloient, quand, au signal donné, la porte s'ouvre, les bandits entrent en foule, les fusils partent tous à la fois ; cinq ou six des bandits tombent, les grenadiers en renversent d'autres avec leurs

baïonnettes, et font le reste prisonniers,
les lient et les conduisent en triomphe à
Milan. L'archiduc Ferdinand voulut voir
ces braves soldats, et leur donna une bourse
de cinquante sequins ; on fit une souscrip-
tion en ville pour eux. Ce ne fut pas tout.
Le chevalier de Rhodes, Colonel du régiment de la Reine, étoit alors à Milan, selon l'usage de plusieurs Piémontois, qui
venoient y prolonger le Carnaval ; les grenadiers, réfléchissant à la faute qu'ils avoient
faites, prièrent l'Archiduc d'intercéder pour
eux. De concert avec le Colonel, on écrivit au roi de Sardaigne, qui leur fit grâce,
et ils retournèrent à leur régiment, chargés
de gloire et d'argent.

205. Le comte Woronzow, Ambassadeur
de Russie à la Cour de Londres, m'a raconté que dans une province de Russie un
homme, étant mort, fut porté dans l'église
la veille du jour qu'il devoit être enterré.
Selon l'usage, le mort étoit placé dans le
cercueil à découvert ; un prêtre, accom-
pagné d'un enfant de chœur, passoit la
nuit en prières à côté du mort ; le lendemain on fermoit le cercueil, et l'enterre-

ment se faisoit. Après le service du soir,
tout le monde étant sorti de l'église, le
prêtre avec l'enfant de chœur viennent
après souper, et pendant que le premier
disoit les prières, il fut très-étonné de voir
le mort sortir du cercueil et venir à lui. Ef-
frayé comme on peut l'imaginer, il court
au bénitier, et tout en conjurant le mort,
il l'aspergeoit abondamment; mais celui-là,
sans égard pour l'eau bénite, se jette sur
le prêtre, le terrasse, vient à bout de le
tuer, et paroît se remettre dans le cercueil;
si bien que, le lendemain quand on entra
dans l'église, on trouva le prêtre sans vie,
et le corps du mort dans le cercueil. Tout
ce que l'on put apprendre sur ce fait fut de
l'enfant de chœur, qui, au premier mouvement du corps, étoit allé se cacher, de
façon cependant à pouvoir être témoin en
partie de ce qui s'étoit passé. On se perdoit
en conjectures pour expliquer un fait aussi
extraordinaire; car comment croire qu'un
homme sorti de son cercueil eût tué le
prêtre, se fût remis dans le cercueil, et fût
réellement mort ensuite? Plusieurs années
après, un scélérat, condamné à mort pour
différens meurtres, et mis à la question

pour l'obliger à confesser ses crimes, avoua
qu'ayant conçu une haine implacable contre
le prêtre en question , j'ignore pourquoi ,
il forma le dessein de s'en venger, et conçut
pour cet effet le projet qu'il exécuta ainsi.
Il saisit le moment que le prêtre étoit allé
souper , trouva le moyen d'entrer dans
l'église , tira le mort hors du cercueil , le
plaça dans un endroit écarté , et se mit en
sa place , habillé de même ; le prêtre tué ,
il remit le corps mort dans le cercueil , et
sortit de l'église comme il y étoit entré.

206. Le docteur Misaubin , médecin
François , étoit grand et fluet ; il eut un
jour une querelle avec le docteur Cheyne ,
médecin Anglois, qui étoit l'homme le plus
corpulent de son tems. Le différent fut porté
si loin entre eux , qu'il fut résolu de le décider l'épée à la main , et ils se donnèrent
rendez-vous pour cela dans les prés de Ma-
rybone. Arrivés avec leurs seconds , ils se
mettoient en devoir de se battre , quand
tout-à-coup le docteur Cheyne dit à son
adversaire : « Alte-là, la partie n'est pas
» égale ; je suis si gros que vous ne pouvez
» pas me manquer, et vous êtes si fluet,

» que je ne pourrai jamais vous atteindre ;
», il faut pourtant égaliser la partie. » « De
» tout mon cœur, » dit le docteur Misaubin ; « il n'y a qu'à marquer avec de la
» craie la largeur de mon corps sur le vôtre,
» et tous les coups qui seront hors des deux
» lignes compteront pour rien. » Le docteur Cheyne ne goûta pas l'expédient ; les
seconds intervinrent, et l'on jugea que le
plus court étoit de ne pas se battre.

207. J'ai connu un savant à Paris, moitié
homme du monde, moitié homme de lettres, qui fréquentoit le matin le café de
Procope, et le soir les grandes sociétés ;
son nom étoit Cadet de Senneville. Il avoit
l'air empesé et fort avantageux, sur-tout
quand il montoit son beau cheval gris-pom-
melé, dont il étoit très-fier. Ayant eu querelle un jour au café de Procope, avec
un homme de lettres, qui, comme bien
d'autres, étoit un des piliers du café. M. Cadet de Senneville le somma de lui donner
satisfaction, et de se rencontrer le lendemain à telle heure au bois de Boulogne, et
sortit. L'homme de lettres, qui ne songeoit
à rien moins qu'à se battre, dit à la com-

pagnie du café : « Messieurs, si vous vou-
» lez vous trouver au rendez-vous, je vous
» promets de vous donner la comédie. »
En effet, ils ne manquèrent pas de se rendre
à pied au bois de Boulogne le lendemain.
Bientôt on voit venir de loin M. Cadet de
Senneville monté sur son cheval de parade,
qu'il faisoit piaffer et caracoler. Il attache
son cheval à un arbre, témoignant quelque
surprise de voir tant de monde assemblé ;
tous lui dirent qu'ils étoient là pour juger
des coups. M. Cadet se mettoit déjà en devoir de ferailler, quand son antagoniste,
sous prétexte de prendre une petite précaution, s'approche de l'arbre où étoit attaché
le cheval, le délie, saute dessus, et se tournant vers M. Cadet : « Adieu, Cadet, dit-il ;
» je suis venu à pied, et vous à cheval ;
» chacun a son tour ; je vais à cheval et
» vous reviendrez à pied, adieu, Cadet ; »
et il pique des deux, aux grands éclats de
rire de toute la cotterie, qui trouvèrent
moyen de faire entendre la plaisanterie à
M. Cadet de Senneville.

208. Lord Evelyn Stuart, fils de lord
Bute, étant dans les gardes, portoit de

longues moustaches, et paroissoit ainsi dans
la Chambre des Communes, dont il étoit
membre. Un jour M. C—y lui dit : « Mi-
» lord , à présent que la guerre est finie ,
» ne mettrez-vous pas vos moustaches *on*
» *the peace establishment ?* » « Je ne sais
» pas encore ce que je ferai , » lui répondit
lord Evelyn ; « mais en attendant , je vous
» conseille de mettre votre langue *on the*
» *Civil List.* » C'étoit au milieu des débats
sur le paiement de la liste civile.

F I N.

TABLE

DES MATIÈRES.

G.

H.

I.

J.

L.

M.

R.

S.

T.

V.

Fin de la Table des Matières.

DE L'IMPRIMERIE DE BOSSANGE, MASSON ET BESSON.